«Genazino ist ein Prosa-Kleinod gelungen, das nebenbei vom Erzählen selbst erzählt: Denn was ist Literatur im Grunde anderes als die Absicht, Erinnerungen mitzuteilen?» (*Der Spiegel*)

«Weltverzauberung und Weltentdeckung per Sprache, in einem Arbeitsgang – wenn das die schlichteste Definition literarischer Arbeit ist, dann leistet sie Genazino zu seinem und unserem Vergnügen.» (Reinhard Baumgart, *Die Zeit*)

WILHELM GENAZINO, geboren 1943 in Mannheim, arbeitete zunächst als freier Journalist, später als Redakteur bei verschiedenen Zeitungen und Zeitschriften (u. a. für «Pardon»). Seit 1971 ist er freier Schriftsteller. Berühmt wurde er mit seiner «Abschaffel»-Romantrilogie. Für sein umfangreiches Werk erhielt er zahlreiche Auszeichnungen, 2003 den «Fontane-Preis» der Berliner Akademie der Künste und zuletzt 2004 den Georg-Büchner-Preis. Im Rowohlt Verlag liegen außerdem vor: «Die Liebe zur Einfalt», «Leise singende Frauen», «Das Licht brennt ein Loch in den Tag», «Die Kassiererinnen» und «Auf der Kippe». Als rororo erschien im Mai 2004 «Der Fleck, die Jacke, die Zimmer, der Schmerz» (Nr. 23660).

Wilhelm Genazino lebt in Heidelberg.

Wilhelm Genazino

DAS LICHT BRENNT EIN LOCH IN DEN TAG

Rowohlt
Taschenbuch Verlag

4. Auflage Juni 2005

Veröffentlicht im Rowohlt Taschenbuch Verlag,
Reinbek bei Hamburg, Januar 2000

Umschlaggestaltung C. Günther / W. Hellmann
(Foto: Rüdiger Schestag)
Gesamtherstellung Clausen & Bosse, Leck
Printed in Germany
ISBN 3 499 22694 4

DAS LICHT

BRENNT EIN LOCH

IN DEN TAG

EINS

Lieber Christoph,
Du hast selbst schon oft darüber geklagt, wie sehr wir von Vergeßlichkeit bedroht sind. Auch ich halte es für möglich, daß wir eines Tages ohne Erinnerung sein und vielleicht auch noch behaupten werden, wir hätten nichts erlebt und etwas Schönes schon gar nicht. Diese mögliche Leere ängstigt mich, und ich möchte mich vor ihr schützen. Ich habe mir deswegen Folgendes ausgedacht: Ich verteile meine Erinnerungen, jedenfalls die mir unverzichtbar scheinenden, auf meine Freunde. Natürlich nur, wenn ihr einverstanden seid und «mitmachen» wollt. Wenn ja, dann sollten wir uns bald wiedersehen. Ich werde Dir die eine oder andere Geschichte erzählen oder brieflich mitteilen und Dich um deren sorgsame Aufbewahrung bitten. Und eines Tages, wenn der Notfall da ist, das heißt, wenn ich mich selbst nicht mehr erinnere, solltest Du mir alles, was Du von mir gehört oder gelesen hast, zurückerzählen. Verstehst Du? Für den Fall, den ich leider kommen sehe, daß ich mich einmal mit der Vorstellung herumplage, das Leben sei spurlos an mir vorübergegangen, möchte ich auf die dann gut vorbereiteten

Gedächtnisse meiner Freunde zurückgreifen können. Ich hoffe, Du bist meinem Plan freundlich gesonnen. Ich würde mich über eine zustimmende Antwort sehr freuen – und, natürlich, auf den Beginn unserer «Zusammenarbeit».
Grüße an Helga! Dein W.

ZWEI

Vor etwa eineinhalb Wochen war ich nach langer Zeit wieder einmal im Theater. Ich sah mir Becketts *Endspiel* an, das ich vor etwa zwanzig Jahren schon einmal gesehen hatte; ich wollte wissen, ob mir das Stück immer noch so bedeutsam erscheinen würde wie damals. In der Pause traf ich Isolde, eine einstige Kommilitonin, die eindrucksvoll von einem Urlaub in Irland erzählte. Isolde behauptete, daß es die Vorbilder für Becketts Figuren, all diese Murphys, Molloys, Mahoods und Malones in Irland wirklich gebe. Sie leben in kleinen Häuschen auf dem Land, sagte Isolde, sie besuchen sich gegenseitig und gehen merkwürdigen Beschäftigungen nach, genau wie bei Beckett. Deswegen, sagte Isolde, sei Beckett ein verkappter Heimatdichter. Ich war verblüfft und hätte Isolde gerne noch eine Weile zugehört, aber da war die Pause schon vorüber. Erst zwei Tage später ist mir eingefallen, daß ich vor etwa zwei Jahrzehnten ein paarmal mit Isolde geschlafen habe. Es war mir rätselhaft, beziehungsweise: Ich schämte mich, weil ich mich nicht sofort erinnert hatte. Ich war verwirrt und legte mich auf das Sofa. Isolde gehört zu den Frauen, die bemerken, ob ein Mann mit oder ohne Erinnerung zu ihnen spricht, und weil ich etwa fünfzehn Minuten lang ohne Erinnerung gesprochen beziehungsweise zugehört habe, war ich für die Dauer der Theaterpause ein erinnerungsloser und deswegen gespenstischer und lächerlicher Mensch gewesen. Isolde hatte vermutlich nicht einen Tag und nicht eine Einzelheit unserer Geschichte vergessen. Diese Vorgänge beunruhigen mich so sehr, daß ich erneut Lächerlichkeit oder Scham oder Ermüdung empfinde. Ich kann nicht sagen, welche dieser Regungen die stärkste ist. Vermutlich gehören sie auf versteckte Weise zusammen; es ist, als wäre Lächerlichkeit nichts weiter als plötzlich nach außen tretende Scham, die ich aus Müdigkeit nicht länger zurückhalten kann.

Ich arbeite, ich ruhe mich aus, ich denke, ich wohne, ich liebe, ich hoffe, ich reise, aber manchmal fürchte ich, nichts davon wirklich zu können. Es ist leicht, eine solche Ahnung hervorzulocken und sie eine Weile im Gemüt zu bewegen. Es genügt ein zu sehr gedehnter Blick oder ein nicht schnell genug verschwindender Gedanke, und schon ist eine Ahnung da. Zur Zeit fürchte ich, daß ich vielleicht nie richtig habe wohnen können. Der Anlaß der Ahnung ist der Kleiderschrank. Eines Morgens funktionierte das Schloß nicht mehr. Das Schloß muß sofort repariert werden, dachte ich, denn ich brauche die Sachen, die sich im Schrank befinden, besonders die Hemden und die Unterwäsche. Statt dessen habe ich nach etwa zwei Wochen begonnen, die Sachen im Schrank zu vergessen und mir neue Hemden und neue Wäsche zu kaufen. Laura beschimpft mich. Sie sagt, sie kann meine Schlamperei und meine Gleichgültigkeit nicht länger aushalten. Wenn es nur das wäre! Die Wahrheit ahne nur ich: Ich kann nicht wohnen. Vermutlich habe ich den Schrank nie als notwendig empfunden. Er stand immer nur herum, niemand weiß warum, auch ich nicht. Und schon weiß ich kaum noch, wie meine alten Hemden ausgesehen haben. Das Vergessen beunruhigt mich erneut, auch wenn es nur Hemden betrifft. Und das bedeutet, es gelingt dem Schrank, eine längst aufgegebene Sehnsucht neu zu beleben: Ich möchte einmal aufhören dürfen, über mein Leben nachzudenken. Aber offenbar ist das niemandem erlaubt.

VIER

Liebe Ruth,
neulich, am Sonntag, nach einem kurzen Nachmittagsschlaf, schaute ich liegend im Zimmer umher und fragte mich: Wieso leben Laura und ich eigentlich in dieser Wohnung? Warum haben wir diese Möbel? Diese Lampen? Und diese Gardinen? Es war in jeder Sekunde klar, daß es sich um unsere Möbel, unsere Lampen und unsere Gardinen handelte. Dennoch hatte ich das Gefühl, nach dem Erwachen in einem anderen Leben angekommen zu sein und mich an das frühere nur aus der Ferne erinnern zu können. Ich fürchte, wir tragen eine innere Unerbittlichkeit mit uns herum, die unsere Erinnerungen heimlich abschaffen möchte, irgendeine heftige Leere, über deren Herkunft ich keine Vorstellung habe. Oder doch. Unsere Seele will nicht, daß wir gut von unserem Leben denken, sie rechnet uns immerzu vor, was wir versäumt haben, und dabei

bestiehlt sie uns. Deswegen möchte ich nicht der einzige sein, der sich in meinen Erinnerungen auskennt. Ich bitte Dich, Dir bei Gelegenheit ein paar von ihnen anzuhören und sie gut aufzubewahren. Bis bald! W.

FÜNF

Ich hatte die Tür noch nicht ganz geöffnet, da sah ich, wie Elisa gerade in ihre Jacke schlüpfte. Sie redete mit einem Mann, den ich nicht kannte. Mit Elisa war ich, als wir beide jung waren, eine Weile verheiratet. Es freute mich, sie wiederzusehen, aber ich hatte kein Verlangen, mit ihr zu sprechen. Dennoch wollte ich Elisa aus einiger Entfernung eine Weile betrachten. Ich versteckte mich in einer Passage und wartete, bis sie aus dem Café kam. Das heißt, ich wartete auf die Enthüllung irgendeines Details, das mich an unsere Ehe erinnerte. Da öffnete sich schon die Tür, und heraus trat Elisa mit ihrem Begleiter, einem Mann in meinem Alter. Alles, was mich an unsere Ehe erinnerte, waren Elisas Handbewegungen. An ihnen konnte ich erkennen, welche Vorwürfe sie dem Mann gerade machte. Und an der verstockten, schuldhaft aufmerksamen Art des Mannes sah ich, daß ihn die Vorwürfe beeindruckten, genau wie mich damals, vor wieviel Jahren, ich weiß es bald nicht mehr. Ich hielt mich verborgen, bis ich die beiden nicht mehr sah. Kurz danach packte mich allerdings das Verlangen, nach Elisa zu rufen. Ich hatte ihr nichts zu sagen, ich wollte auch nicht, daß sie stehenblieb, ich wollte nur ihren Namen hören, und zwar von mir selbst gerufen. Natürlich rief ich nicht. Elisa! sagte ich leise und ein wenig zurechtweisend, dann ging ich weiter.

SECHS

Schon oft dachte ich, es ist nichts als die Vorarbeit des Todes, die uns die Erinnerungen nimmt, eine Art Ouvertüre, die mit dem Leichtesten beginnt, mit der Auflösung des Gedächtnisses. Diese Vernichtung ist nicht ohne Logik; je weniger wir aufbewahren, desto notwendiger erscheint uns das Verschwinden. Aber es ist nicht der Tod, im Gegenteil, es ist etwas Lebendiges und Unaufhörliches: Es ist die von uns immer wieder hinausgeschobene Entscheidung, ob wir uns zu leben trauen sollen oder nicht, und während wir den Entschluß immer wieder verzögern, haben wir erneut ein Stück weitergelebt, undeutlich und ein bißchen unfreiwillig wie meistens.

SIEBEN

Liebe Isolde,
erst auf dem Heimweg wurde mir deutlich, wie sehr mich das Wiedersehen mit Dir gefreut hat. Besonders Deine Bemerkungen über Beckett haben mich tagelang beschäftigt, aber ich glaube, daß Du nur zur Hälfte recht hast. Aber ich würde gern mit Dir über dieses Thema debattieren und frage, ob wir uns nicht treffen können. Ich muß nicht betonen, daß – Beckett in Ehren – das Hauptvergnügen sein wird, mit Dir zusammen zu sein. Meldest Du Dich? Oder soll ich einen Termin vorschlagen? Für heute grüßt herzlich W.

ACHT

Im vorigen Jahr wollte ich mich den ganzen Sommer lang jeden Abend auf den Balkon setzen und dabei zuschauen, wie der großen Platane im Hinterhof langsam die Bommeln wachsen. Aber es ist nichts draus geworden. Schon am dritten Abend kam Laura und setzte sich neben mich. Zwei Tage zuvor war ihr zum ersten Mal ein Zahn ausgefallen. Schon eine Woche später ging Laura zum Zahnarzt. Nach weiteren drei Wochen war die Lücke verschwunden. Laura setzte sich wieder neben mich auf den Balkon. Der Zahnarzt hatte erstklassig gearbeitet. Trotzdem wußte ich fortan, wo Laura eine Zahnlücke hatte, und ich fragte mich, wann ihr der nächste Zahn ausfiele. Und ich fragte mich außerdem, ob ich Laura dann noch würde küssen können und ob ich dabei den Ort der Zahnlücke spüren würde und ob Laura das peinlich wäre. Laura sah aufmerksam in die Platane und machte sich vermutlich ähnliche Gedanken. Wir lachten uns von Zeit zu Zeit an und dachten das Undenkbare. Plötzlich hatte die Platane neue, zartgrüne Bommeln, und ich hatte nicht bemerkt, wo und wie sie zu wachsen angefangen hatten.

NEUN

Ich träumte, zwei Männer seien in der Wohnung, um mich abzuführen. Kurz darauf erwachte ich; ich verließ das Bett, zog mich halbwegs an und wollte mich den Männern zur Verfügung stellen. Natürlich war außer Laura und mir niemand in der Wohnung. Laura schlief, ich stand am Fenster und wartete darauf, an den Schultern gepackt und aus der Wohnung geführt zu werden. Da fiel mein Blick auf zwei Tomaten, die auf der Fensterbank lagen, frisch, rund

und glatt. Es war halb vier, ich fror, die Männer kamen nicht, und auf die Tomaten fiel ein wenig Mondlicht, das ihrer Haut schöne bläuliche Flecke machte. Eine ganze Weile bemerkte ich nicht, daß der Anblick der Tomaten meine Beklemmung auflöste. Sobald ich sie in die Hand nahm und mit ihnen zu spielen begann, wußte ich, daß keine Männer kommen würden. Ich wollte den Tomaten irgendwie danken, aber wie dankt man Tomaten? In diesen Augenblicken kam Laura ins Zimmer und fragte, was ich mit den Tomaten wolle. Nichts, sagte ich und legte sie zurück auf die Fensterbank.

ZEHN

Lieber Werner,
erinnere mich an meine Zuneigung zur Straßenbahn. Sie begann, als ich fünf Jahre alt war. Frühabends besuchte meine Mutter häufig ihre Schwester und nahm mich mit. Wir saßen nebeneinander in der Straßenbahn, und ich wunderte mich die ganze Zeit über den Mond, der hoch über uns mitzufahren schien. Wenn die Straßenbahn hielt, hielt auch der Mond, und wenn sie wieder anfuhr, fuhr auch der Mond weiter bis zur nächsten Haltestelle. Und als wir nach drei Stunden wieder nach Hause

fuhren, war auch der Mond wieder da und begleitete uns fahrend nach Hause. Als wir ausstiegen, stieg auch der Mond aus und ging mit uns bis zur Haustür. Als Kind hielt ich es für nicht völlig ausgeschlossen, daß es am Himmel eine Straßenbahn gab, eine Extrastraßenbahn nur für den Mond. Seltsamerweise drängte es mich nicht, meine Mutter um Aufklärung zu bitten. Ich wartete nur immer wieder darauf, daß der Mond in seine Himmelsstraßenbahn stiege und uns begleitete, nur uns, meine Mutter und mich; ich glaubte nämlich, ich sei der einzige, der von der Himmelsbahn des Mondes wüßte.

Herzliche Grüße, Dein W.

ELF

Ich habe Laura überredet, im Ernstfall nicht davor zurückzuschrecken, mir auch erfundene Erinnerungen zu erzählen. Sie antwortete, sie könne nichts erfinden, aber ich ermutigte sie, sie solle am besten mit meiner Mutter anfangen. Sie saß sonntagsnachmittags vor dem Radio und hörte die Sendung ‹Schöne Stimmen singen für Sie›, damals in den fünfziger Jahren, als ich Kind war. Mutter liebte Arien aus *La Traviata, La Bohème* und *Madame Butterfly*. Sie saß am Tisch neben der Kommode, auf der das Radio stand, hatte den Kopf aufgestützt, starrte auf das Geschirrtuch, das gegenüber an der gekachelten Wand hing, und hörte zu. Ich saß bei ihr und sah, wie sich nach einiger Zeit die winzigen blonden Härchen auf ihren Armen aufstellten. Manchmal blieben die Härchen auch liegen, aber dafür wurden beide Arme von einer Gänsehaut erfaßt, die ihren Körper von den Schultern her überflutete. Ist das jetzt wahr oder erfunden? fragte Laura an dieser Stelle. Alles ist wahr, sagte ich, bis auf ein Detail: das Geschirrtuch. Welches Geschirrtuch? Das Geschirrtuch, auf das meine Mutter während des Radiohörens starrte, ist erfunden. Das Geschirrtuch hängt hier, in unserer Wohnung, sagte ich. Ich bin es, der fast jeden Tag das Geschirrtuch sieht. Warum schaue ich jeden Tag auf ein Geschirrtuch? Warum lasse ich es nicht verschwinden? Warum bitte ich Dich nicht, einen anderen Platz dafür zu finden? Ich bin es, der das nicht versteht. Ich bin es, der das Nichtverstandene erzählen will. Und ich bin es, der eines Tages an das Nichtverstandene erinnert sein will.

Isolde überraschte mich mit Klugheit und Ehrlichkeit. Wir gingen eine Weile spazieren und kamen nicht dazu, über Beckett als Heimatdichter zu sprechen. Wir setzten uns in eine Weinkneipe, und dort gestand ich, daß ich neulich bei unserem Wiedersehen im Theater den intimeren Teil unserer Geschichte nicht präsent hatte. Sie lachte und sagte, daß für mich offenbar auch das Erinnern die Form einer Potenz hat. «Wenn es nicht gleich klappt, bist du irritiert.» Ich bat sie, mir unsere Geschichte in groben Zügen wiederzuerzählen. Damit hätte ich früher kommen müssen, antwortete sie. Bis vor etwa zehn oder zwölf Jahren hätte sie die eine oder andere Einzelheit noch gewußt. «Heute weiß ich nur noch, daß wir einmal zusammen waren, mehr nicht.» Ich war halb enttäuscht und halb erstaunt, nein: halb enttäuscht und halb zufrieden, und fragte, wie sie sich den Schwund der Erinnerung erklärte. «Vermutlich hörte die Geschichte auf, mir wichtig zu sein.» Warum? «Ich habe schon öfter bemerkt, daß Erinnern fast immer auch Überschätzen ist. Und eines Tages schwindet die Überschätzung, und zwar vor der Erinnerung, nimmt diese aber mit ins Verschwinden. So ist es jedenfalls bei mir.»

Lieber Nikolaus,
wenn ich je behaupten sollte, unter den mir bekannten Frauen sei nie eine praktische und umgängliche gewesen, erinnere mich bitte an Jutta. Jutta fällt in meine Kölner Zeit. Dort war ich nur ein halbes Jahr, leider. Es war eine schöne Zeit, obwohl ich drei Wochen im Krankenhaus war, zum ersten Mal in meinem Leben. Rechts von mir lag ein Mann, der den ganzen Tag ein Kofferradio spielen ließ. Und in der Ecke zur Tür lag ein Rentner, ein Kettenraucher, der darauf wartete, daß man ihm ein Bein amputierte. Er sah den ganzen Tag auf sein Knie, um sich seinen Anblick einzuprägen. Eines Morgens, beim Aufwachen, war es weg, das ganze Bein. Es war kaum zum Aushalten. Rechts ein immerzu dudelndes Kofferradio, in der Ecke ein Rentner, der sein Bein wiederhaben wollte. Ich hatte eine Operationswunde an der Seite. Ich lag auf dem Rücken und konnte mich tagelang kaum rühren. Besonders an den späten Nachmittagen wurde meine Situation unerträglich. Die Schwester kam, um den Rentner frisch zu machen. Sie starrte auf seinen Beinstumpf und rief aus: Was für eine tolle Wunde! Was für eine tolle Wunde! Der Rentner fluchte über das Rauchen oder heulte. Wenn ich hätte laufen können, wäre ich auf und da-

von. Dann kam Gott sei Dank Jutta. Sie munterte mich auf und steckte mir etwas Schokolade in den Mund. Kurz bevor sie ging, nach ungefähr einer Dreiviertelstunde, setzte sie sich so geschickt auf den Bettrand, daß die beiden anderen Patienten nicht sehen konnten, was wir beziehungsweise Jutta machte. Sie faßte unter die Bettdecke und fing an, mich gegen Ende der Besuchszeit (gerade wie eine Indianermutter ihr unruhiges Kind) auf die sanfteste Weise zu masturbieren. Hinterher küßte sie mich, und ich schlief die Nacht durch wie ein erlöster Wanderer.

Sei gegrüßt von W.

VIERZEHN

Vermutlich sind wir auf die Propaganda der großen Liebe hereingefallen. Jedesmal, wenn wir uns liebten, wurden wir ein bißchen dumm und warteten darauf, daß die Liebe endlich beginnen solle. Anstatt zu erkennen, daß wir schon in der Wahrheit der Liebe lebten, nämlich in ihrer Unstillbarkeit, vergrößerten wir unsere Anstrengung, ihre Bitterkeit zu tilgen. Wir waren nicht mutig, wir wollten das Verstummen als Ziel der Liebe nicht hinnehmen. Wie kluge Kinder belehrten wir auch noch unsere

Hingabe und erwarteten eine Befreiung, die uns das Beste nehmen sollte, die Empfindung der Unmöglichkeit. Anstatt stolz zu sein auf die Verzehrung, beschuldigten wir uns der Schwäche und rannten liebend auseinander.

FÜNFZEHN

Der Mantel war alt und formlos geworden, aber ich hing an ihm wie an etwas Lebendigem. Tragen konnte ich ihn nicht länger, aber ich brachte es auch nicht fertig, ihn in den Müll zu werfen. Vor mehr als einem Vierteljahr, als es noch Winter war, brachte ich ihn in die Reinigung. Nach einer Woche, als ich ihn wieder abholen wollte, blieb ich draußen vor dem Schaufenster stehen und betrachtete meinen frisch gereinigten, aber hinfälligen Mantel, der mit vielen anderen Jacken und Mänteln auf einer langen Stange hing. Plötzlich dachte ich: Hier geschieht ihm nichts, hier kann er bleiben. Und ging weg, ohne Mantel. Eine Woche später erschien ich erneut vor dem Schaufenster und betrachtete meinen Mantel. Es bildete sich eine stille Genugtuung, und ich dachte: Die Reinigung ist ein Museum, von dem niemand etwas weiß. Wieder ging ich weg ohne Mantel. Erst vor kurzem, nach dem Ende des Winters, überkam mich Lust, ihn wieder anzuschauen. Schon von weitem sah ich, daß die ganze Reinigung verschwunden war. Die Räume waren leer und verlassen. Zwei Arbeiter rissen gerade eine Zwischenwand nieder. An der Tür hing ein Plakat. In drei Wochen eröffnet hier eine neue Videothek.

SECHZEHN

Liebe Anna,
würdest Du mich bitte, wenn nötig, an den letzten Satz meiner Mutter erinnern? Sie hat ihn vier Tage vor ihrem Tod ausgesprochen. Ich besuchte sie im Krankenhaus. Sie war, wie seit Tagen schon, die meiste Zeit bewußtlos. Ich saß neben dem Bett und überlegte, ob ich wieder gehen sollte. Plötzlich öffneten sich ihre Augen, und sie sagte gegen die Decke: Warum werden wir nicht beschenkt? Danach hat sie nur noch geschlafen, gestöhnt und gestammelt. Am folgenden Morgen war sie im Koma. Drei Tage später starb sie. Sei umarmt von W.

Von der Belanglosigkeit des Tages will ich nicht reden. Auch ich selbst habe heute so gut wie nichts gesagt und nichts getan, weswegen man sich meiner erinnern wird. Und doch habe ich am Abend das Gefühl, ich müßte belohnt werden. Es ist eine alberne Stimmung, über die mit mir zu sprechen ich niemandem zumuten kann. Nicht einmal Laura, die wie immer ruhig mit mir am Tisch sitzt, Tee trinkt und ein paar Radieschen schält. Rasch vergeht der Abend, aber mein Verlangen, wegen irgend etwas besänftigt zu werden, bewegt sich nicht von der Stelle. Ich bitte Laura, Bluse und Büstenhalter abzulegen. Laura ist, wofür ich ihr sofort danken möchte, nicht irritiert. Sie entledigt sich der Bluse und des Büstenhalters und hängt beides über die Stuhllehne. Danach nimmt sie wieder ein Radieschen in die Hand und beträufelt es mit ein wenig Salz. Ich gieße mir ein Glas Wein ein, hebe das Glas an die Lippen und betrachte über den Glasrand hinweg Laura. Ich denke darüber nach, wie schwierig es normalerweise ist, eine Situation herbeizuführen, in der eine halbnackte Frau ohne Störung, ohne Eile und ohne Scham betrachtet werden darf. Und wie erstaunlich es ist, daß ich mit einer Frau zusammenlebe, die mir eine solche Situation schenkt, auf eine einfache Bitte hin. Dieses Privileg kann ich kaum fassen und möchte deswegen erneut beschwichtigt werden. Am besten gefallen mir die Rundungen der Schultern und die der Ober- und Unterarme. Erst jetzt sehe ich die kleineren Rundungen der Schlüsselbeine, der Wangen, der Ohren, der Augen und der Brüste im Zusammenhang. Ich will gerade anfangen, über Rundungen nachzudenken, aber ich gebe es gleich wieder auf, ich kann heute auch nicht gut denken. Plötzlich erinnere ich mich, wie sehr mir, als ich Kind war, im Sommer der Anblick meiner auf- und absteigenden Knie beim Fahrradfahren gefallen hat. Ich stelle das Weinglas ab, um das wiedergekehrte Bild im Gedächtnis besser wiederholen zu können. Ich möchte wissen, wie es zu diesem Verlauf gekommen ist, und zu Laura möchte ich sagen: Nur eine Frau kann die Welt als durchgehende Rundung darstellen. Aber dann kommt mir der Satz seltsam gespreizt und übertrieben vor; er paßt zu diesem Tag, und deswegen behalte ich ihn für mich.

Das Café ist ein wenig unbelebt, aber angenehm. Eine ältere Frau hebt ihre Tasse und nimmt ein paar Schlucke. Danach bleibt ein heller Sahnerand über ihrer Oberlippe zurück. Eine junge Mutter nennt ihren kleinen Sohn Zappelphilipp. Hinter der Theke spielt ein Radio. Der kleine Sohn schaut aus dem Fenster und sagt: Der Regen tut alles regnen; dann fragt er die Mutter: Darf ich nächstes Jahr wieder auf die Welt kommen? Die Mutter seufzt und antwortet nicht. Zwei Tische weiter sagt ein Mann zu seiner Begleiterin: Ich war dreimal pleite, aber ich hab's nicht anerkannt! Die Mutter legt einen Würfelzukker auf ihren Löffel, in dem sich noch ein Rest Kaffee befindet, und schaut dabei zu, wie der Würfelzucker den Kaffeerest langsam aufsaugt und dabei milchbraun wird. Das Kind ist begeistert und ahmt das Spiel sofort nach. Der Mann, der dreimal pleite gemacht hat, sagt zu seiner Begleiterin: Ich habe kein Verständnis für meine Lage! Das Kind flüstert seiner Mutter etwas ins Ohr. Die plötzliche Berührung ihres Ohrs durch die weichen Kinderlippen entzückt die Frau. Zum Dank hält sie ihre Quarzuhr an sein Kinderohr und sagt: Hörst du, tick tack tick tack. Das Kind fällt auf den Trick herein und spricht sogar mit: Tick tack tick tack. Ich überlege, ob der

Junge später seine Freude erinnern oder ob er die Mutter beschuldigen wird, sie hätte ihn mit albernen Schwindeleien unterhalten. Das Radio gedenkt eines Tenors, der vor kurzem gestorben ist. Kurz danach singt der Tenor in das reglose Café: Leb wohl mein flandrisch Mädchen.

NEUNZEHN

Liebe Ruth,
erinnere mich an das Gemurmel eines Geistesgestörten. Er stand eines Tages in einem Schallplattenladen. Er faßte die Plattenhüllen an und redete mit ihnen. Im ersten Augenblick erschrak ich, im zweiten hörte ich ihm schon zu. Dabei war nicht zu verstehen, was der Mann sagte. Er versuchte zwar, Worte und Sätze zu bilden, aber er brachte nur undeutliche Laute hervor. Es fiel mir auf, daß nicht nur ich, sondern auch die anderen Kunden ihm zuhörten. Es war, als sei sein Raunen unser aller Gemurmel, das endlich einmal öffentlich zu hören war. Vermutlich waren es Ausdrücke für das Untergegangene, für das Verfehlte und für das Unaussprechliche. Leider verlor der Mann rasch das Interesse an den Platten. Nach ein paar Minuten sah er nur noch schweigend auf den Boden und verließ

dann das Geschäft. Eine Frau und ich folgten ihm bis zum Türrahmen. Dort blieben wir stehen und sahen uns an. Ich denke, wir wollten uns etwas sagen, aber wir öffneten nur die Lippen und murmelten, ehe wir auseinanderliefen. Herzlich, W.

ZWANZIG

Das Kind auf dem Schoß des Vaters weint. Die U-Bahn donnert dahin. Sag einfach, was du willst, sagt der Vater zu dem Kind. Das Kind sagt nicht, was es will, es sagt überhaupt nichts und weint weiter. Noch einmal beschwichtigt der Vater: Sag einfach, was du willst. Der Zuspruch des Vaters bleibt ohne Wirkung, aber der Vater gibt nicht auf. Da fängt ein paar Sitze weiter ein anderes Kind zu weinen an. Endlich schweigt der Vater.

EINUNDZWANZIG

Ich stehe neben dem Eingang eines Kaufhauses, warte auf Laura und betrachte wie so oft die zahllosen Passanten. Seit Jahren bin ich es gewohnt, sie im Innern still herabzusetzen. Wie leicht sie sich verachten lassen! Man braucht nur ihre Plastiktüten anzuschauen, die sie alle gleichmachen, und fertig ist der Hohn. Aber seit einiger Zeit gelingt mir die Überhebung nicht mehr. Im Gegenteil, ich empfinde Anerkennung, manchmal fast Dankbarkeit für die Ströme der Vorübereilenden, ohne die ich nicht wüßte, daß ich ein einzelner bin. Sie lassen mich der sein, der ich sein will, ohne Einspruch, ohne Rache. Wie wundersam gleichmütig ein Angestellter mit Namensschildchen am Revers gerade an mir vorübergeht! Gefolgt von zwei Müllarbeitern, die Abfallwägelchen vor sich herschieben! Niemals werden sie sich für mein Leben interessieren. Und wie wichtig es ist, daß ich ihnen so fern bin wie ein Mond.

ZWEIUNDZWANZIG

Lieber Werner,
es genügt, wenn Du das Wort Straßenbahn sagst. Falls mir daraufhin nichts einfällt, hilfst Du ein wenig nach und sagst: Nicht auf den Boden spucken. Dieses Verbot war damals auf weißen Emailschildchen in jedem Wagen zu lesen. Die Bahn rumpelte über riesige Kreuzungen, und dabei fiel oft das Licht aus. Ich nutzte die Gelegenheit, um schnell auf den Boden zu spucken. Nach ein paar Sekunden flamm-

ten die Glühbirnen wieder auf, und ich glaubte, alle Fahrgäste hätten wie ich etwas Verbotenes getan. Ich sah ringsum in die Gesichter, aber ich sah keine Anzeichen dafür, daß die anderen etwas verbrochen haben könnten. Ich nahm an, sie waren nur geschickter als ich. Während meiner ganzen Kindheit hielt ich die Straßenbahn deshalb für etwas Verruchtes. Im Zweifelsfall genügt der Satz: Nicht auf den Boden spucken. Es grüßt Dich W.

DREIUNDZWANZIG

In der Nähe des Opernbrunnens bin ich mittags zwischen zwölf und ein Uhr mit einer Frau verabredet. Ich kenne sie nicht, und ich treffe sie auch nicht wirklich. Vermutlich arbeitet sie in einem der Büros in der Umgebung und verbringt hier ihre Mittagspause. Sie geht wie ich in den Straßen umher; plötzlich erblicken wir uns, wir nicken uns leicht zu, dann beginnt das Spiel. Zuerst geht sie eine Weile vor mir her; sie ist damit einverstanden, daß ich in einem Abstand von etwa zwanzig Metern hinter ihr bleibe. Nach ungefähr zehn bis zwölf Minuten wechseln wir die Positionen. In der Nähe von großen Schaufenstern, in deren Spiegelungen sie die Vorgänge beobachten kann, überhole ich sie und bleibe vor ihr.

Die Reihenfolge scheint festgelegt zu sein. Es ist ihr Vorrecht, das Spiel durch ein von mir nicht gesehenes Verschwinden in einem Hauseingang jederzeit zu beenden. Es scheint außerdem vereinbart, daß ich nicht nach ihr suche. Vermutlich funktioniert das Spiel nur, weil wir beide nicht mehr jung sind. Wir haben kein Interesse, uns kennenzulernen. Daß wir uns voreinander entziehen, erscheint nicht als Kälte. Zwei Unbekannte machen einander bekannt und bleiben doch Unbekannte. Meine Vermutung ist: Wir wollen keine sinnlosen Erinnerungen miteinander hervorbringen.

VIERUNDZWANZIG

Einmal im Jahr, meistens zu Anfang des Sommers, zieht Laura abgelegte Unterwäsche und ihr altes Sommerkleid an, das sie vor etwa fünfzehn Jahren gekauft hat. Dazu ein paar Seidenstrümpfe (mit Naht), einen breiten Gummigürtel, der vor etwa fünfundzwanzig Jahren in Mode war, ihre kaum noch brauchbaren Samtschuhe und darüber einen schwarzen Lackmantel, der an mindestens drei Stellen genäht ist. In dieser Aufmachung geht sie etwa eine Stunde spazieren. Es ist offenkundig, daß sie mit dem Herumlaufen in alten Sachen eine Art Verschmelzung mit früheren Identitäten anstrebt. Das heißt, offenkundig ist natürlich überhaupt nichts. Laura nennt die Kleidernummer ihren *inneren Extremismus*, und es ist meine Aufgabe, über ihn zu schweigen. Es ist schon genug, sagt sie, daß ich ihn bemerken muß.

FÜNFUNDZWANZIG

Lieber Christoph,
erinnere mich, daß ich im Winter, wenn ich an der Hand meiner Mutter über die Brücke ging, nicht habe begreifen können, wie es den Möwen möglich war, im eisigen Wasser zu überleben. Ich stellte mir vor, wie ihre Körper im Eiswasser trieben und wie ihre kleinen Füße in der Kälte hinabhingen und daß sie, wenn ich mit Mutter zurückkomme, tot im Wasser liegen werden. Keine einzige Möwe war tot, als wir heimkehrten, im Gegenteil, sie waren äußerst lebendig. Ich rechne im Grunde noch heute damit, wenn ich im Winter Möwen im Wasser sehe, daß sie allesamt gleich einen Herzschlag erleiden, obwohl ich natürlich weiß, daß und warum dies nicht passieren wird. Aber was sind schon die Erklärungen von Biologen gegen die Verklammerung mit einer kindlichen Angst! Es grüßt Dich, W.

Am Rathenauplatz kommt mir Ruth entgegen. Wir nicken uns zu, wir bleiben stehen, wir sagen ein paar Worte, wir berühren uns kurz, wir schauen an uns vorbei. In der Ferne erblicken wir unsere Geschichte, die uns immer noch ein wenig wärmt. Ruth ist (außer Laura) der einzige Mensch, mit dem mir gemeinsame Verlegenheit möglich und erträglich ist. Immer noch reden wir nichts, ohne Scham zu empfinden, Ruth stöhnt, ich frage nicht warum, ich schaue irgendwohin, wo nichts passiert. In den Straßen herrscht das gewöhnliche Einerlei, das durch Ruths lebendige Verhaltenslosigkeit vorübergehend ansehnlich wird. Da kommt aus einer Seitenstraße ein hübsches Mädchen hervor, das einen Riesenpacken Toilettenpapier im Arm trägt. Der Oberkörper des Mädchens wird von acht oder zehn parallel verpackten Toilettenrollen fast ganz verdeckt, Ruth und ich sehen fast gleichzeitig hin, jetzt stöhnen wir gemeinsam, die Verlegenheit des Mädchens strömt in die unsrige ein, Ruth und ich berühren uns kurz, dann verabschieden wir uns ohne Verabschiedung.

Ich sitze mit Laura an einem Tisch an der Wand links. Es ist Frühabend, und außer uns sind nur zwei dunkel gekleidete Herren im Lokal, außerdem eine Frau und eine Mutter mit Kind. Die Herren reden über die Akten, die vor ihnen auf dem Tisch liegen, die Frau liest. Es öffnet sich die Tür, ein Mann tritt ein. Über ein paar Tische hinweg fragt er die Bedienung: Arbeitet Erwin Seidenwitz noch hier? Die Bedienung lacht knapp und ein wenig schmerzlich. Vor einem halben Jahr war er noch hier, sagt der Fremde an der Tür. Erwin ist über alle Berge, sagt die Bedienung. Der Mann dreht sich um und geht. Eine heruntergekommene Frau betritt das Restaurant und wird von einem Ober hinausgewiesen. Laura stellt ihr Glas ab, und ich frage: Wieso habe ich plötzlich das Gefühl, Erwin Seidenwitz zu kennen? Laura lacht knapp und macht mich auf einen schadhaften Mantel an der Garderobe aufmerksam. Ich habe die Idee, das ist der Mantel von Erwin Seidenwitz, sagt sie. Du glaubst also auch, du kennst Erwin Seidenwitz? frage ich. Vielleicht ist es unsere Aufgabe, ihm den Mantel zu bringen, sagt Laura. Ich trinke mein Glas leer, wir schweigen, aber es ist offenkundig, daß wir an Erwin Seidenwitz denken. Laura zahlt, wir verlassen das Lokal. Sicher ist, wir haben Erwin Seidenwitz nie gesehen, seinen Namen haben wir vor wenigen Minuten zum ersten Mal gehört. Dennoch bleiben wir draußen eine Weile stehen und schauen die Straße auf und ab, ob er nicht doch zufällig des Wegs kommt und uns klipp und klar sagt, daß wir ihn nicht kennen.

ACHTUNDZWANZIG

Liebe Anne,
dieser Tage hat eine kleine Spinne den Weg in unsere Zuckerdose gefunden. Ich wollte sie sofort entfernen, aber dann fand ich Gefallen an ihr. Es sah hübsch aus, wie sie die Gipfel der Zuckerwürfel erklomm und dann Ausschau hielt nach irgend etwas. Sobald meine Hand über der Dose erschien, verschwand das Tier im Gewinkel der Würfel. Nach kurzer Zeit tauchte es wieder auf und setzte die Suche fort. Da durchzog mich die Ahnung, daß ich weder das Zu-Hause-Sein noch das Verschwinden jemals beherrschen werde. Nach einiger Zeit wurde der Spinne das Herumsteigen zwischen den Zuckerwürfeln vielleicht langweilig; oder sie fürchtete sich vor dem Schatten meiner Hand über ihr. Jedenfalls erklomm sie den Dosenrand und verschwand quer über den Tisch. Ich sah ihr nach und dachte: Es gibt

keine Flucht, keine Rettung und kein Heil, es gibt nur das Versteck und auch dieses nur vorübergehend. Der Satz galt der Spinne, aber er beschwichtigte zugleich meine Ahnung. Würdest Du mich (bitte wörtlich) an ihn erinnern, falls ich eines Tages, wer weiß, die Geborgenheit unserer Wohnung überschätze oder mich nicht mehr an die Fehlgeborenheit aller Lebewesen erinnere? Ich hoffe, es geht Dir gut! W.

NEUNUNDZWANZIG

Laura sagt, in das italienische Café an der Ecke kann man nicht mehr gehen. Sie schämt sich für die Frauen und Männer, die jetzt immer öfter dort einkehren. Sie kommen aus dem nahe gelegenen Altersheim, und das Café zählt zu ihren wenigen Abwechslungen. Sie bestellen Fleischwurst mit Cappuccino und Rippchen mit Kakao. Der italienische Kellner zuckt zusammen, wenn er diese Bestellungen hört, aber er beherrscht sich, schließlich lebt er von diesen Leuten. Ruhig sagt er, daß er heute keine Rippchen hat, dafür aber Würstchen. Dann Würstchen! schreit die eine, die nie Strümpfe anhat, dafür aber eine Perücke trägt.

Es ist Spätnachmittag, ich schalte den Fernsehapparat ein. Auf dem Bildschirm erscheinen ein Interviewer und ein bekannter TV-Unterhalter, der Programmgeschichte geschrieben hat, sagt der Interviewer. Jetzt macht er eine Erinnerungssendung. Der Interviewer sitzt ihm gegenüber und spielt Ausschnitte seiner frühen Fernsehauftritte ein. Hier sehen wir Sie als Showmaster auf der Berliner Funkausstellung 1967! ruft der Interviewer aus. Der Unterhalter schaut hin und zeigt keine Reaktion. Und das war die Sportgala 1964 in Baden-Baden mit Ihnen als Moderator, sagt der Interviewer. Es ist ja auch schon lange her, fügt der Interviewer hinzu und zeigt einen dritten Ausschnitt. Das sind Sie auf der Bundesgartenschau in Dortmund 1966! Der Unterhalter findet jetzt allmählich in seine Rolle zurück. Jedesmal, wenn er sich nicht erinnert, lacht er hell und meckernd auf, es ist das Lachen, das alle von ihm kennen.

Liebe Ruth,
erinnere mich, daß ich mit vierzehn meinen Eltern den Rat gab, sie sollten unsere Bestecke wegwerfen. Es waren die Bestecke, mit denen wir gerade zu Mittag aßen, andere hatten wir nicht. Ich kritisierte die Bestecke nicht, ich sagte auch nicht, daß ich neue oder bessere Bestecke wünschte, ich verlangte nur, daß die vorhandenen Bestecke verschwinden sollten. Mein Bruder verkniff sich ein Lachen, meine Schwester unterbrach mit einem Laut des Erschrekkens die Mahlzeit und verließ für kurze Zeit den Tisch. Vater ließ die Hände mit Messer und Gabel, die auf mein Geheiß weggeworfen werden sollten, auf den Tisch niedersinken und sah mich an. Dann erhob er sich und stellte die Musik im Radio ein wenig lauter. Leider fragte mich niemand. Deshalb weiß ich bis heute nicht, warum ich die Entfernung der Bestecke gewünscht habe. Als meine Mutter den Zwischenfall später bei Geburtstagen und Familienfeiern wieder erzählte, hatte er sich in eine lustige Geschichte verwandelt. Dabei war der Zwischenfall nicht zum Lachen. Das ist das einzige, was ich damals wie heute zuverlässig von der Sache weiß. Ich wünsche Dir einen schönen Sommer. W.

ZWEIUNDDREISSIG

Sie liest in einem Buch, ich lese in einem Buch. Sie hebt das Gesicht, ich hebe das Gesicht. Sie schaut mich an, ich schaue sie an. Sie senkt den Blick, ich senke den Blick. Sie kann nicht weiterlesen, ich kann nicht weiterlesen. Sie ist diskret, ich bin diskret. Sie hat Zeit, ich habe Zeit. Sie vermeidet weitere Blicke, ich vermeide weitere Blicke. Sie hebt ihr Buch, ich hebe mein Buch. Ihr wird klar, mir wird klar. Sie liest, ich lese.

DREIUNDDREISSIG

An der Decke der U-Bahn fliegt sprunghaft und irritiert eine Wespe entlang. Sie sucht einen Ausgang und stößt immer wieder nur gegen das Gehäuse der Bahn. Einige Fahrgäste, auch ich, schauen nach oben. Es kann leicht passieren, daß die Wespe die Orientierung verliert und jemandem in den Kragen stürzt. Gereizt verlasse ich meinen Stehplatz und dringe in den vorderen Teil des Wagens vor. Hier arbeitet ein Filmteam mit einem Darsteller. Das Team besteht aus drei oder vier Männern, die zwischen den Fahrgästen agieren und doch nicht auffallen wollen. Ich gehöre zum Hintergrund und werde mitgefilmt. Das rot aufflackernde Kontrollämpchen der Kamera ist auf mich gerichtet. Plötzlich fühle ich mich unfrei. Alles bedrückt mich, die Wespe, das Schaukeln der Bahn, das Kontrollämpchen, das fahle Licht, die Durchsagen an den Haltestellen, die Kleidung und der Atem der anderen, die Stimme des Regisseurs, die entsetzliche Rücksicht der Fahrgäste. Früher oder später, denke ich, lasse ich alles zurück und gehe weg. Die Reizung wird so unwiderstehlich, daß ich an der nächsten Haltestelle die U-Bahn verlassen muß. Es beunruhigt mich, daß ich wegen solcher Kleinigkeiten neuerdings fliehe. Ich fahre mit der Rolltreppe hoch und verliere dabei die Unruhe nicht. Oben, auf der Straße, ist sie so stark geworden, daß ich nach einem Ausdruck für sie suche und keinen finde. Doch dann habe ich Glück. Quer über den Platz geht ein Lederfetischist. Bis hinauf zu den Ohren schnüren dünne Riemchen seinen Körper in schwarzes quietschendes Leder ein. Normalerweise bedrücken mich solche Personen ebenfalls, dieser aber ausnahmsweise nicht. Bei jedem Schritt reibt er absichtlich die Beine gegeneinander und erregt sich am Knautschen des Leders. Im Schatten seines Exaltiertseins verfliegt wortlos meine Unruhe.

Lieber Werner,
mit neun oder zehn habe ich mir zum ersten Mal einen Fahrschein für die Straßenbahn gekauft. Ich fuhr bis zur Endstation. Dort stiegen alle Leute aus, und die Tram blieb eine Weile in einer Warteschleife stehen. Ich war in einem Vorort gelandet, den ich nicht kannte. Eine Weile trieb ich mich in der Nähe der Warteschleife umher und genoß eine Frühform der Freiheit. Der Straßenbahnführer und der Schaffner blieben in der Nähe der Bahn und rauchten und beobachteten mich. Um sie zu beschwichtigen, tat ich so, als suchte ich ein bestimmtes Haus. Ich las die Namen auf vielen Klingelschildern und schüttelte von Zeit zu Zeit den Kopf. Der Straßenbahnführer und der Schaffner glaubten nicht, daß ich jemanden suchte. Sie merkten, daß ich Theater spielte, und sie merkten, daß ich schlecht Theater spielte. Sie lachten und amüsierten sich über mich und sahen dabei in den Himmel. Nach ein paar Minuten verlor ich den Mut und setzte mich in die leere Bahn. Ich hatte soeben erfahren, daß ich nicht frei war. Aus Schmerz über diese Entdeckung biß ich mir einen Fingernagel ab. Kurz darauf beendeten Straßenbahnführer und Schaffner ihre Pause und stiegen in die Bahn. Der Schaffner verkaufte mir zum zweiten

Mal einen Fahrschein. Er ließ mich spüren, daß er vermied, mich dabei anzugrinsen. Erinnere mich, bitte, an meine erste Reise. Herzlich, W.

FÜNFUNDDREISSIG

Der Junge ist ungefähr zwölf Jahre alt. Seine Mutter hat ihn an der Hand. Sie muß ihn hinter sich herziehen, so unlustig ist er. Von Zeit zu Zeit nörgelt sie ihn an, ohne Erfolg. Er wendet sich von ihr ab und schaut in den Rinnstein. Dann verliert er einen Schuh. Er bemerkt es, aber er reagiert nicht. Er läßt den verlorenen Schuh auf der Straße zurück. Einmal dreht er sich nach ihm um, das ist alles. Nach einer Weile fällt der Mutter der unregelmäßige Schritt auf. Sie sieht, was geschehen ist. Sie ist so fassungslos, daß sich ihr der Mund von allein öffnet. Sie schickt das Kind zurück, den Schuh holen. Der Junge folgt, die Mutter wartet auf ihn mit immer noch offenem Mund. Der Schuh ist noch da. Mit dem Schuh in der Hand kommt der Sohn zurück. Erst als er zur Mutter zurückgekehrt ist, zieht er ihn wieder an. Dann gehen sie wieder nebeneinander her, die Unbesorgtheit des Jungen und die Empörung der Mutter.

Ich habe mir eine Fahrkarte gekauft und streife noch ein wenig durch den Hauptbahnhof. Ein Mann schreibt mit einem breiten Filzstift einen Spruch an die Wand und verschwindet wieder, aber nicht vollständig. In einiger Entfernung bleibt er stehen und schaut zurück auf seine Tat. Ich gehe auf das kleine Graffito zu, und ich nehme an, der Schreiber beobachtet mich. Ich lese: Bube sticht, Futt ist Trumpf. Ich simuliere, so gut ich kann, eine Bestürzung. Mit dem Bleistift setze ich eine Bemerkung darunter. Danach verschwinde auch ich, allerdings auch nicht ganz. Es dauert nicht lang, dann sucht der Mann mit dem Filzstift meinen Text auf. Er muß mit den Augen nahe an die Wand, um lesen zu können: Wer erlöst uns von der Selbstbegeisterung der Dummheit? Rasch wendet sich der Mann ab. Ich nehme an, er kann mit der Bemerkung nichts anfangen. Oder doch? Wir laufen uns über den Weg und tauschen zwei oder drei Blicke. Feindlicher bin ich nie angesehen worden.

Liebe Anne,
in früheren Jahren, wenn ich für ein paar Tage verschwand, gebrauchte ich pompöse Worte wie Erschöpfung, Flucht, Überdruß, Ekel. Heute ist klar, und Laura weiß es auch, daß ich immer nur der Beklommenheit vor dem eingerichteten Leben entkommen will, jedenfalls für eine Weile. Es ist nichts weiter als ein Übergriff der Gegenstände auf das Bewußtsein, eine Überreizung durch das Allzuvertraute. Das geht soweit, daß ich zuweilen glaube, die Möbel in der Wohnung verhöhnen mich. Dieser Tage fiel mir in der Stadt eine ältere japanische Touristin auf. Sie spazierte zuerst eine Weile mit ihrem Mann umher. Dann wollte sie fotografiert werden. Sie gab ihrem Mann den Fotoapparat und stieg vorsichtig in eine kleine Tulpenanlage. Unablässig lächelte die Japanerin auf die Blüten herab, während ihr Mann den Fotoapparat einstellte. Durch fortgesetzte Lieblichkeit wollte die Japanerin wohl blumenähnlich werden. Dann ging die Frau auch noch in die Hocke und hielt den Kopf ein wenig schief wie ein seitlich weggesunkener Tulpenkelch. Plötzlich ängstigte mich die Vorstellung, ich könnte eines Tages, innerlich um Milderung der Beklommenheit bettelnd, die Möbel in unserer Wohnung anlächeln.

Wer sagt, daß ich davor sicher bin? Ich räume wieder für eine Weile das Feld. Falls ich eines Tages nicht mehr weiß warum, erinnere mich an die Japanerin, die wie eine Tulpe werden wollte. Ich werde Dir von unterwegs schreiben. Gruß, W.

ACHTUNDDREISSIG

Kurz nach vierzehn Uhr steige ich in einen Fernschnellzug in Richtung Norden. Das Wetter ist frühsommerlich. Zum Glück ist der Zug nicht überfüllt. Ich erwarte eine angenehme, spannungslose Fahrt, an deren Ende ich an der niederländischen Küste sein werde. Nach etwa eineinhalb Stunden, kurz vor Köln, hält der Zug auf offener Strecke. Nach drei oder vier Minuten eine Lautsprecherdurchsage: Wegen einer Betriebsstörung werden wir etwa eine Viertelstunde Verspätung haben. Wir bitten um Verständnis. Reisende beginnen umherzulaufen und fragen da und dort, aber sie erfahren nichts. Dann, nach etwa zwanzig Minuten, setzt sich der Zug wieder in Bewegung, sehr langsam. Er fährt in den Bahnhof einer Kleinstadt ein und wird kurz vor den Bahngleisen auf ein Nachbargleis umgelenkt. Die Leute stehen am Fenster und schauen sich an, was passiert ist. Im Bahnhof der Kleinstadt hat sich ein Mensch vor einen Zug geworfen. Genau auf das Gleis, auf dem unser Zug hätte fahren sollen. Die Leiche liegt zwischen den Schienen. Ein weißes Tuch ist über sie gebreitet. Ich bin erstaunt, wie klein und gekrümmt ein von einem Zug überfahrener Mensch aussieht. Ein Windstoß fährt unter das weiße Tuch und hebt es kurz an. Dann fällt es wieder auf den toten Körper und bildet ihn ab. Auf dem Gleis gehen Bedienstete der Bahn und des Roten Kreuzes hin und her. Im Lautsprecher hören wir, welche Züge in Köln nicht mehr erreicht werden. Zum Schluß ein Blick auf die Kleinstadt, in der das Opfer vermutlich gelebt hat.

NEUNUNDDREISSIG

Vom Bahnhof zur Promenade sind es nur knapp zweihundert Meter. Der Koffer ist nicht schwer, ich suche zu Fuß ein Hotel. Schon nach ein paar Schritten habe ich das Gefühl, niemand schätzt mich ab, niemand denkt über mich nach, niemand beobachtet mich. Zum Damm hin steigt die Stadt leicht an. Kurz danach sehe ich das Meer und zittere ein wenig; dunkel und reglos wie hart gewordenes Blei liegt es da. Die Promenade ist ein mäßig breiter, etwa ein Kilometer langer Betonstreifen zwischen

Ufer und Stadt. Zwei ältere Paare sind unterwegs, Kinder fahren mit Rollern auf und ab, das Licht ist grau, in Kürze wird es dämmern. Ich suche ein Zimmer, von dessen Fenster aus ich sowohl auf den Hafen als auch in die Stadt sehen kann. Ich entdecke eine sehr alte Frau, die gegen ein ganz neues Auto gelehnt ist. Unter einem Vorwand bleibe ich stehen. Irritierend ist vor allem die magere Hand auf dem blitzenden Lack der Motorhaube. Auf der Stelle möchte ich wissen, ob der Eindruck der Pein eher von der alten Frau oder von dem neuen Auto ausgeht. Aus dem offenen Fenster eines anderen Autos dringt Radiomusik.

VIERZIG

Liebe Laura,
das Hotel, in dem ich die nächsten acht bis zehn Tage wohnen werde, ist nicht allzu groß und auch nicht besonders komfortabel. Aber es liegt am Rand des Hafens und fast am Meer. Es sind nur ein paar Schritte zwischen Zimmer und Ufer. Daß ich in einem Versteck angekommen bin, merke ich daran, daß ich laufend in kleine Euphorien ausbreche. Der Hafen reicht an das Stadtinnere heran; ich kann von meinem Fenster aus dabei zusehen, wie sich am

Abend die Lichter der einfahrenden Schiffe mit den Lichtern der Stadt vermischen. Ebenso phantastisch ist das Einfahren der Schiffe am Tag. Es sieht aus, als würden sich die Schiffe direkt in die Häuser schieben. Das wirkt auf mich so stark, daß ich manchmal den Tränen nahe bin. Das Schönste ist das Erwachen morgens. Ich verlasse das Bett, das dicht am Fenster steht, ich schiebe die Gardinen zur Seite, setze mich auf den Bettrand und sehe das Meer. Morgens fliegen die Möwen vom Meer aus in die Stadt. Zur Orientierung benutzen sie sonderbarerweise die Straßen. Sie fliegen nicht quer über die Dächer. Manchmal stürzt ein Vogel tief hinab und faßt mit dem Schnabel einen Brotrest oder ein Salatblatt. Das Wasser im Waschbecken meines Zimmers läuft ein wenig zu langsam ab. Einmal Hände waschen: und das kleine Becken ist voll. Eigentlich müßte ich mich bei der Hotelleitung beschweren. Aber dann hebe ich den Blick, sehe schräg gegenüber ein hinter Häuserkanten verschwindendes Schiff, und der Gedanke an eine Beschwerde verliert sich von selber.
Kuß, W.

Nicht weit vom Hotel befindet sich ein Kino. Es ist ein langer Schlauch mit hölzernen Stuhlreihen. Der Saal war halbvoll. Gezeigt wurde ein amerikanischer Liebesfilm, für den sich kaum jemand wirklich interessierte. Die Leute kamen und gingen während der Vorstellung und blieben nicht lange. Auch ich verschwand nach einer halben Stunde, obwohl es mich noch immer fröstelte vom langen Strandspaziergang. Ich betrat eine Bar auf der anderen Straßenseite. Von dort aus sah ich den Leuten zu, wie sie ins Kino gingen oder es verließen. Einige von ihnen kamen ebenfalls in die Bar. Es fiel auf, daß der schlechte Film sie nicht verstimmt hatte. Sie schienen sich darüber zu freuen, jederzeit ein kleines Kino verlassen zu können. Ihre Art, nichts Besonderes zu erwarten, gefiel mir. Als letzter verließ ein junger Mann das Kino und wechselte die Plakate in den beiden Schaukästen aus.

Drei Türen weiter befindet sich eine Art Kammer, die tagsüber meistens verschlossen ist. Frühmorgens läuft jemand, vermutlich eine Frau, ein paarmal im Flur auf und ab. Zuweilen öffnet die Frau die Tür der Kammer und schließt sie rasch wieder ab. Jedesmal gibt es ein hartes, lautes Geräusch, wenn die Frau den Schlüssel mit einer einzigen, nie fehlgehenden Bewegung in das Schloß stößt. Die Frau wirft offenbar schnell etwas in die Kammer hinein und verschwindet dann wieder, vermutlich schmutzige Wäsche oder Kleidung. Ich liege nicht weit davon entfernt auf meinem Bett und schaue durch das Fenster den Möwen zu. Die beiden Fenster reichen bis zur Decke. Ihre ungewöhnliche Höhe vermittelt den Raum des Zimmers mit dem Raum des Meeres. In dem kleinen Raum spüre ich das Verlangen nach dem großen, in der Nähe des großen das Verlangen nach dem kleinen. Manchmal macht eine Möwe eine Pause und läßt sich auf einem Kamin nieder. Es sieht aus, als hätte der Vogel soeben bemerkt, daß man nicht nur fliegen, sondern auch nachdenken kann, sogar als Vogel. Die Frau, wenn es eine Frau ist, richtet ihre Besuche in der Kammer so ein, daß sie von keinem Hotelgast gesehen werden kann.

Lieber Nikolaus,
wenn ich eines Tages kein Eis mehr essen kann oder darf, dann erinnere mich an meinen ältesten Tagtraum. Er taucht nur noch in riesigen, dem Vergessen schon anheim gegebenen Abständen auf. Aber gestern kehrte er überraschend zurück. In der Nähe des Hotels sah ich einen Eis-Salon mit dem Namen Dolomiti, dem er nicht widerstehen konnte. Ich glaube, ich war sechs, als ich mir vorzustellen begann, die Dolomiten-Familie, bei der ich damals Eis gekauft habe, werde mich, wenn ich einmal alt geworden bin, mit in die Dolomiten nehmen. Zum Dank dafür, daß ich Jahrzehnte lang bei ihnen Eis gekauft habe. In ihrem geräumigen, wunderschön gelegenen Bergbauernhof werden sie mir ein Zimmer zur Verfügung stellen und mich achten und versorgen. Ich werde Holz hacken, den Hof reinigen, die Ställe ausmisten und Tiere hüten. Die Wiederkehr des Tagtraums war besonders heftig (und also besonders abwegig), weil ich diesmal sogar überlegt habe, ob ich Laura werde mitnehmen dürfen oder nicht und was sie tun könnte, um das Leben der Bergbauern zu erleichtern. Adieu, W.

Es gibt zuviel Lärm, sogar hier. Die Hotelbar ist bis in die Morgenstunden geöffnet. Immer wieder fahren Taxis vor und laden Betrunkene aus. Schrille Frauen kommen zurück und reden so laut, daß ich sie in meinem Zimmer verstehen kann. Es ist weit nach Mitternacht, das Gedudel eines Rummelplatzes weht über die Promenade auf das offene Meer. Seit einer halben Stunde fällt mir auf, daß es immer Frauen sind, die auf der Achterbahn schreien. Es kommt mir so vor, als seien nachts alle Geräusche stärker als tagsüber. Vermutlich geht die Täuschung nur auf die Dunkelheit zurück. Dabei macht der Mond diese Nacht so hell, daß ich wahrscheinlich sogar draußen lesen könnte. Endlich, gegen vier Uhr, ist es still genug. Männer und Frauen sind in den Betten, der Rummelplatz ist verstummt, meine Fenster sind geöffnet, ich höre die Frühbrandung. Es ist wie ein Flüstern in einer fremden Sprache. Nach einiger Zeit überfällt mich das Gefühl, es gibt mich nicht mehr. Es ist, als sei ich durch das Hören auf die Brandung selber in ein Stück Meer verwandelt worden. Dabei ist gleichzeitig klar, daß ich nur auf dem Bett liege. Dann geht es wieder von vorne los: Atmet das Meer? Oder atme nur ich? Oder atmet das Meer mit mir? Ich liege, mein Sinn hastet hin und her, ich kann nicht herausfinden, ob und was sich verwandelt, das Lauschen bleibt übrig bis zur nächsten Frage: Warum können wir seekrank werden, nicht aber landkrank?

FÜNFUNDVIERZIG

Das Lokal ist eine schwer definierbare Mischung aus Bar, Restaurant, Spielsalon, Fernsehstube und Altenheim. Im hinteren Teil läuft ein Fernsehapparat, die Leute schauen sich ein Fußballspiel an. Ein paar ältere Männer sitzen auf Holzstühlen um den Apparat herum und trinken Rotwein aus kleinen Gläsern. Im vorderen Teil stehen eine Musikbox und ein Flipper, beide nicht eingeschaltet. Auf dem Flipper türmen sich leere Kartons und Plastikbehälter mit leeren Flaschen. Eine ältere Frau kommt herein und streut Sägemehl auf den Boden. Eine jüngere Frau verläßt die Küche und trägt ein Tablett mit vier oder fünf Fischen an den Tisch zweier Männer. Die Gäste wählen die beiden Fische, die sie gebraten haben wollen, und reden weiter. Ein Hund läuft in das Lokal, schaut sich um und verschwindet wieder. Am Tisch eines älteren Mannes, der mit Vergrößerungsglas die Zeitung liest, ist ein Platz frei. Der Alte bemerkt lange nicht, daß sich jemand an seinen Tisch gesetzt hat. Im Augenblick, als mir die jüngere Frau das zweite Glas Rotwein bringt, hebt er den Kopf und richtet das Vergrößerungsglas auf mich.

SECHSUNDVIERZIG

Lieber Christoph,
erinnere mich, daß ich seit der Kindheit lüge. Als Kind log ich bedenkenlos, weil ich sicher war, das Lügen hört auf, wenn man erwachsen geworden ist. Verschwunden ist nur das Gefühl des moralischen Vergehens. Vermutlich ist das Lügen nichts weiter als eine Begleitform des Sprechens; wer spricht, muß auch lügen, das ist alles. Als meine Mutter starb, erfand ich einen letzten Satz für sie. Sie lag tagelang ohnmächtig in ihrem Bett und sagte nichts mehr. Wenn sie ausatmete, flatterten ihre Lippen wie das ausgeleierte Mundstück eines Luftballons, aus dem immer wieder die letzte Luft entweicht. Es war für mich der bis heute unerträglichste Anblick. Ich saß neben ihrem Bett und wartete, daß sie etwas sagte. Es kam nichts mehr von ihr. Ich ging nach Hause und sagte zu Laura: Mutter hat einen wunderbar rätselhaften letzten Satz gesagt: Warum werden wir nicht beschenkt? Herzlich, W.

SIEBENUNDVIERZIG

Heute ist es mir gelungen, einen Blick in die Kammer nebenan zu werfen. Die Frau war nicht schnell genug beim Schließen der Tür. Die Kammer ist eine Bügelstube, und die Bügelstube ist der Arbeitsplatz der Frau. Sie ist kaum mehr als eineinhalb Meter breit und ebenso tief. Links befindet sich eine blinde Scheibe, rechts eine fleckige Wand, dazwischen der Bügeltisch. Ohne künstliches Licht läßt sich hier nicht arbeiten; es kommt von einer Glühbirne, die an einer kurzen Leitung an der Wand hängt. Der Bügeltisch nimmt die Hälfte des Raums ein. Rechts ist Platz für einen Hocker mit aufgeplatztem Polster; vorne, zwischen Tür und Tischkante, ist Raum für einen Menschen und seine Bewegungen beim Bügeln. Es ist, glaube ich, der beengteste Arbeitsplatz der Welt.

ACHTUNDVIERZIG

– Wann laufen die Schiffe aus?
– Dienstags, freitags und sonntags.
– Vermutlich früh am Morgen?
– Ja, um halb sieben.
– Sind sie stark frequentiert?

– Kann man nicht sagen. Die meisten Passagiere sind Inselbewohner, die auf dem Festland etwas erledigt haben. Handwerker, alte Leute und ein paar Schüler.

– Keine Touristen?

– Nur wenig. Die Insel ist für Touristen nicht interessant. Es gibt kahle, windige Hügel und ein paar Häuser aus Schiefersteinen, das ist schon fast alles. Im Hafen gibt es drei Wirtschaften, mehr nicht.

– Wie lange dauert die Überfahrt?

– Knapp drei Stunden.

– Kann man am gleichen Tag zurückfahren?

– Man kann es, aber es ist nicht besonders sinnvoll.

– Warum?

– Man hat dann nur eine Stunde Aufenthalt.

– Und wenn man übernachten will?

– Dann wendet man sich an Privatleute. Es gibt keine Hotels. Ich kann Ihnen zwei Adressen geben. Es kostet fast nichts. Die Leute sind bescheiden und trotzdem gastfreundlich.

– Und wann fährt das Schiff am nächsten Morgen zurück?

– Um halb sieben.

Liebe Ruth,
ich bin dicht davor, mir eine Katze zum Vorbild zu nehmen. Sie läuft spätnachmittags am Strand entlang, sie sieht von Zeit zu Zeit nach rechts auf das Meer, dann nach links zum Ufer, sie beschnuppert den feuchten Sand, mal dreht sie sich um, mal bleibt sie für eine halbe Minute stehen. Dann läuft sie acht oder zehn Meter weiter und prüft erneut die Lage. Es kann auch sein, daß sie wieder ein paar Meter zurückgeht und eine frühere Position noch einmal ausprobiert. Endlich, nach minutenlanger Suche, hat sie einen Punkt ausgemacht, der ihr geeignet erscheint. Mit der rechten Tatze gräbt sie ein Loch in den Sand, über dem sie vorsichtig Platz nimmt, mit dem Gesicht zum Meer. Während sie scheißt, schaut sie reglos auf die offene See. Ich stehe weit hinter ihr und beneide sie um ihre Sorgsamkeit. Nein, in Wahrheit bin ich beeindruckt von der wahrscheinlich höheren Übereinstimmung zwischen Verdauung, Poesie und Abendfriede. Leider ist es mir nicht möglich, die Katze nachzuahmen. Falls ich sie vergesse, erinnere mich, daß ich sie zum Vorbild nehmen wollte. Demnächst mehr. W.

Es ist Frühabend, die Fenster sind offen, der Himmel hell, das Leben im Hafen bewegt. Ich liege auf dem Bett und lese und höre in der Ferne das Tuten eines Schiffs, von dem ich nicht weiß, ob es wegfährt oder näher kommt. Plötzlich fange ich an, über das Tuten Schmerz zu empfinden. Es ist ein leises Stechen in der Mundhöhle, das die Kehle hinabsteigt und in den Körper weiterwandert. Ich lege das Buch weg und sehe am Fenster, daß sich das Schiff dem Hafen nähert. Das Tuten ist ein Geräusch, das in seiner kalten Isoliertheit wahrgenommen sein will, sonst nichts. Dennoch läßt der Schmerz nicht nach, im Gegenteil, er vertreibt mich aus dem Zimmer. Es ist, als verbinde sich der Schmerz mit einem früheren, größeren, dessen Erinnerung ich nicht auffinden kann. Ich ziehe meine Jacke über, gehe zum Hafen und stelle mich dort zu den anderen Leuten, die die Ankunft des Schiffes erwarten. Links, in einem Straßencafé, sehe ich ein Kind, das sich von seinem leeren Eisbecher nicht trennen kann. Ich erwarte niemand, das Schiff fährt langsam in den Hafen ein, der Schmerz schwindet. Immer wieder von neuem fährt die Zunge des Kindes durch den leeren Eisbecher. Ich schaue zwischen dem Schiff und dem Kind hin und her, ohne Ergebnis, ich kann die Strömungswege der Einbildung nicht entschlüsseln. Es nähern sich die hell erleuchteten Kabinenfenster des Schiffes, die Stimmung unter den Wartenden hebt sich, mehr und mehr Leute kommen zum Kai, man hört Lachen und Rufen, es ist, als seien alle nur hier, um sich von Gespensterschmerzen zu befreien.

EINUNDFÜNFZIG

Ich komme am Schaufenster eines Juweliergeschäfts vorbei und sehe einen älteren Herrn darin hantieren. Er ist vermutlich der Besitzer, er ist sorgfältig gekleidet und hat ruhige Bewegungen. Er schaut auf seine mageren Hände, die wie langsame Spinnen in der Auslage umhergreifen und Ringe, Broschen, Ketten und Uhren herausnehmen. Jetzt legt er die wertlosen Stücke der Nachtdekoration aus. Am Ende der kleinen Operation zieht er den Vorhang zu, der das Schaufenster zum Laden hin abgrenzt, und verschwindet im Inneren des Geschäfts. Wenig später habe ich die seltsame Idee, daß es für ehemalige Liebespaare ebenfalls Schaufenster wie das des Juweliers geben müßte. Ich stelle mir vor, wie schön es wäre, wenn abends, meinetwegen kurz vor Ladenschluß, ein paar Minuten lang Elisa in einem Schaufenster erschiene. Ich würde sie nur anschauen und wäre ihr, genau wie damals, wohl gesonnen. Die Scheibe zwischen uns würde verhindern, daß das Unglück des Redens aufkommt. Danach vergesse ich den albernen Unfug, aber im Hotel fällt er mir wieder ein. Ich überlege, ob ich Elisa einen Brief schreiben und ihr mitteilen soll, wie rätselhaft freundlich ich heute von uns gedacht habe. Allerdings würde Elisa darauf bestehen, die ganze Geschichte zu erfahren, und ich wäre töricht genug, sie ihr auch noch zu erzählen. Daraufhin würde sie böse werden und vielleicht ausrufen: In einem Schaufenster soll ich mich zeigen?! Ich schreibe ihr keinen Brief, ich gehe ans Fenster und sehe auf der Straße eine Autofahrerin, die einen Kinderschuh aus dem Auto hinaushält und ihn dabei umdreht. Eine leichte, kaum sichtbare Sandfahne segelt aus dem Kinderschuh auf die Fahrbahn nieder.

ZWEIUNDFÜNFZIG

Lieber Werner,
falls ich mich je über meinen ärgerlichen Wankelmut beklagen sollte, erinnere mich bitte an meine prinzipielle Verlegenheit vor dem Leben. Sie beherrscht mich oft ganze Tage. Allerdings mit innerer Zustimmung. Wenn es erlaubt wäre, würde ich mich

mit Erwägungen begnügen. Als ich mir die Fahrkarten gekauft habe, beobachtete ich in der Bahnhofshalle einen Mann, der mit Filzstift einen Spruch an die Wand schrieb. Obwohl ich sicher war, daß der Text öde sein würde, trat ich doch an die Wand und las. Der Spruch war außer öde auch noch ordinär und fast geistesgestört. Ich war versucht, einen Kommentar darunter zu schreiben. Aber dann ging in meiner Nähe eine Frau an einem kleinen Schuhgeschäft vorüber. Sie streifte mit dem Kleid einen Schuh auf dem Gestell mit den Sonderangeboten. Der Schuh fiel herunter, die Frau merkte es nicht und lief weiter. Dieses winzige Ereignis löste die Verlegenheit aus. Plötzlich blieb ich übrig zwischen dem Mann mit dem Filzstift, einer schon wieder verschwundenen Frau und einem am Boden liegenden Schuh. Mit starken Wellen drang Verlegenheit in mich, und das, was sonst ganz einfach ist, das Weggehen, kostete mich Kraft. Viele Grüße! W.

DREIUNDFÜNFZIG

Ich fürchte, die Hotel-Büglerin ist mir ein wenig böse, weil ich seit ein paar Tagen weiß, wo und wie sie die meiste Zeit des Tages verbringt. Wenn ich ihr auf dem Flur begegne, schaut sie demonstrativ gegen die Wand. Hätte ich gewußt, was sich hinter der Tür befindet, wäre ich nicht neugierig gewesen. Ich würde mich gerne entschuldigen, aber ich spreche ihre Sprache nicht. Vermutlich ist die Bügelkammer nicht nur eine Bügelkammer, sondern auch ein Versteck, ein Versteck vor den Zumutungen der Arbeit und des Tages. Jetzt bin ich selber eine solche Zumutung, und ich habe mich selber zu einer solchen gemacht.

VIERUNDFÜNFZIG

Er ist ungefähr zwanzig, sie vielleicht achtzehn. Sie treffen sich frühabends an den Kais, sie sehen brav aus und sind konventionell gekleidet, vermutlich sind sie Angestellte oder Verkäufer in einem der kleinen Kaufhäuser ringsum. Von der mechanischen Art, mit der sie sich lieben, geht die Einfalt von Insekten aus, die sich immer mit dem gleichen Ritus einander nähern, umstandslos, direkt und zielsicher. Auf der Kaimauer legen sie ihre Taschen ab. Das Mädchen säubert die Mauer mit einem Papiertaschentuch, dann setzt es sich mit dem Rücken gegen die Brust des Mannes. Er ergreift ihre Hände und läßt sie die nächste Stunde nicht mehr los. Sie dreht sich ein wenig nach ihm um und bietet ihm den Mund. So verharren sie, bis es dunkel wird, reglos wie ein Heuschreckenpaar. Mit dem Einfall der Dämmerung beneide ich die beiden um ihre Komplikationslosigkeit und wünsche selbst, eine Heuschrecke zu sein. Ich möchte lieben können wie ein besinnungsloses Insekt, stundenlang und reglos und ohne Ermüdung. Ich kann es immer weniger ertragen, daß es soviel vergangene Zeit gibt, die sich in alle Tätigkeiten einmischt, sogar in die Liebe. Vor dieser sinnlosen Zeit kann mich nur eine ebenso sinnlose Liebe schützen, eine tierische Liebe, die Liebe der Heuschrecken. Es ist mir gleichgültig, ob ich ein männliches oder ein weibliches Tier wäre, ich möchte nur als Heuschrecke in die Wohnung kommen, als kleines Ding, das mit schwarzen Kugelaugen zu einer anderen Heuschrecke aufschaut und nur eines will: daß eine sinnlose Liebe eine sinnlose Zeit vernichtet.

FÜNFUNDFÜNFZIG

Liebe Anne,
falls ich je behaupte, ich sei wehrlos gewesen, dann erinnere mich, daß ich in jungen Jahren eine Technik des Verschmerzens erfand. Ich war neunzehn, und ich war zum ersten Mal verlassen worden. Ich lief umher und blickte auf den neuartigen Schmerz wie auf einen abgetrennten Körperteil. Es war Spätnach-

mittag, die Pflastersteine waren so blank wie Kindergesichter. Mattes Sonnenlicht stand schwefelgelb zwischen den Häusern. Mein Blick fiel auf ein paar Straßenbahnschienen. Die Eisenstränge schimmerten im Sonnenlicht wie das Meer am frühen Abend. Ich blieb stehen und sah auf die Schienen, und ich konnte in diesen Augenblicken keinen Unterschied feststellen zwischen dem Glanz des Meeres und dem Glanz des Eisens. Und weil die Sonne rasch an Höhe verlor, konnte ich wie bei einem richtigen Meer das Wandern des Lichts beobachten. Die Sonne sank und sank, und ihr Schimmern zog von der äußersten Schiene rechts hinüber zur äußersten Schiene links, die mir am nächsten lag. Nach drei Minuten war alles vorbei. Hinterher waren die Schienen wieder grau und glanzlos. Trotz des Schmerzes war ich in einer zufriedenen, fast gehobenen Stimmung. Ich betrat die Straße und berührte eine der Schienen mit der Hand. Ich war erstaunt und konnte eine Weile nicht aufhören, mit den Fingerspitzen immer wieder über das Eisen zu gleiten. Durch das millionenfache Befahrenwerden war es zart wie eine Haut geworden. Ich war nicht verwundert, als ich am nächsten Tag an der gleichen Stelle wiederauftauchte und die Schienen erneut berührte. Ich bemerkte, daß der Schmerz nachließ, obwohl er nicht ganz verschwand. Er war jedoch erträglich und sogar anschaubar geworden, weil ich ihn an ein äußeres Bild (die schimmernden Schienen) weitergegeben hatte. An die Stelle des Schmerzes und der Einschränkung schob sich allmählich die alte Lebendigkeit, obgleich mir nicht entging, daß mir ein Stück davon für immer genommen war. Gestern hatte ich die Idee, daß wir von einem Schmerz vielleicht immer einen Anteil zurückbehalten, der uns dann hilft, einen neu eintreffenden als bereits bekannt einzustufen. So habe ich mir die Dinge gestern zurechtgelegt. Nächste Woche sehe ich sie wahrscheinlich schon wieder anders. Bewahre, bitte, die heutige Version auf. Gruß und Kuß, W.

SECHSUNDFÜNFZIG

Zuerst werden sie eingefangen und festgehalten. Ein Mann schlägt jedem Hund mit einem Holzknüppel mehrmals auf den Kopf, bis sie betäubt sind und umfallen. Dann binden zwei andere Männer die Beinpaare der Tiere zusammen und hängen sie an einer Stange auf, die Köpfe nach unten. Ich beobachte die Ereignisse, obwohl ich am Boden liege und gerade mit einer Frau schlafe. Einige der Tiere erwachen aus der Betäubung und winseln. Nach kurzer Zeit wenden sich die Männer an mich und fragen, was sie jetzt tun sollen. Ich bin der Chef der Männer, und ich sage, jetzt sind die Katzen an der Reihe. Im Augenblick, als ich der Frau in eine Brust beiße, merke ich, daß ich nicht der Chef bin. Ich bin auch ein Hund und muß sofort fliehen. Ich löse mich von der Frau, so schnell ich kann, da trifft mich ein Schlag auf den Kopf, ich erwache. Etwa eine Stunde lang macht mich der Traum zu einem Fremden vor mir selbst, mit dem ich nichts zu tun habe.

SIEBENUNDFÜNFZIG

Es ist kurz vor Mitternacht, die Kneipe ist voll von Männern. Links von mir sitzt eine schweigende, Bier trinkende Frau. Sie ist Mitte Vierzig und hat ein strenges, fast schon bitteres Gesicht. Ihre immer wieder erneuerten Dauerwellen haben ihr Haar in ein knisternd strohiges Gewölle verwandelt, das je nach Lichteinfall hellviolett, weißblond oder schwefelgelb aufleuchtet. Voller Mißbilligung betrachtet sie den Unfug der Männer ringsum. Einer krabbelt auf allen vieren am Boden umher und sucht nach heruntergefallenen Erdnüssen. Ein anderer zeigt kleinformatige Schwarzweiß-Fotos nackter Frauen. Ein Dritter schiebt einem anderen von hinten einen Kleiderbügel in den Kragen. Jedesmal, wenn sich die Tür öffnet, schaut die Frau hin und ist gespielt enttäuscht, wenn sie wieder allein bleibt. Aber sie ist eine schlechte Schauspielerin. Ihre Komödie ist keine Antwort auf die Nichtdarstellbarkeit ihrer Unruhe. Es müßte ihr möglich sein, die Spiele der Halbbetrunkenen mitzumachen. Nach einer halben Stunde verlasse ich das Lokal. Draußen ist es stockfinster, sogar die Straßenlampen sind erloschen. Einzig das Schaufenster eines Sanitätsgeschäftes, das ich vorhin übersehen habe, ist hell erleuchtet. Angestrahlt sind Stützkorsette, Rollstühle, Nachtgeschirre, Stillbüstenhalter, Gummistrümpfe, Schnabeltassen und Windeln für Alte.

ACHTUNDFÜNFZIG

Lieber Nikolaus,
gestern ging ich am fast menschenleeren Ufer spazieren. Ein harter Wind fegte über das Wasser und mir in die Augen. Es kamen mir die Tränen, ich konnte kaum richtig sehen. Neben mir, im Schilf, landeten Wildenten und Möwen. Einige folgten mir, und ich merkte, wie sehr ich es mag, wenn neben mir Vögel herabfliegen und mich kurz anschauen, während ich gehe. Nach etwa einem Kilometer entdeckte ich in den Dünen ein Autowrack,

das vom Schilf fast ganz zugewachsen war. Es sah aus wie ein Tier, das endlich ein Versteck gefunden hat. Tatsächlich ging ich rasch weiter wie jemand, der ein Lebewesen nicht stören will. Kurz danach kam mir eine jüngere Frau entgegen. Auch ihr standen Windtränen in den Augen. Wir gingen aneinander vorbei und taten ein bißchen so, als seien unsere Tränen echt. Wir lachten künstlich und affektiert, vermutlich genierten wir uns unserer Schauspielerei. Wieso eigentlich? Erinnere mich, daß ich nie verstanden habe, warum die Geschlechter auf die Entstehung von Ironie mit Scham antworten.
Dein W.

NEUNUNDFÜNFZIG

Frühmorgens, zwischen vier und halb fünf, kehren ein paar Musiker ins Hotel zurück. Sie haben die halbe Nacht in einer Kneipe nicht weit von hier gespielt und poltern angetrunken und aufgekratzt durch das Haus. Zwei oder drei verschwinden gleich in ihren Zimmern, einer bleibt unterwegs in den Stockwerken hängen und fängt noch einmal an zu reden. Ein Frauenlachen ist zu hören und die Stimme der Büglerin, außerdem barfüßige Schritte auf dem Parkett der Flure. Ich liege im Bett, das Fenster ist geöffnet, ich höre in Richtung Meer. Das

Poltern der Musiker verstummt, das Gekicher der Büglerin verschwindet hinter einer Tür. Vermutlich hat einer der Männer die Frau mit in sein Zimmer genommen. Sehr leise höre ich ihr Lachen, als würde es dem Meer entsteigen. Kurz darauf wird es draußen hell.

SECHZIG

Noch ist Ebbe, aber die Flut steigt rasch. Wochenend-Segler machen ihre Boote fertig. Der Wind ist mäßig, aber ausreichend. Ein Fischdampfer kreuzt den Horizont. Ich versuche, den Rhythmus der Wellen zu bestimmen. Meistens kommen drei fast regelmäßig nacheinander, danach ist eine Weile Stille. Hinterher rollt entweder eine größere vierte Welle an, oder der Dreier-Rhythmus wiederholt sich. Tagelang wußte ich nicht, warum mich das Zittern eines auf der Seite liegenden Segelbootes rührte. Das Boot hatte stundenlang im Schlick gelegen, aber jetzt steigt das Wasser und richtet es langsam wieder auf. Auf einmal springt das Zittern des Bootes in mich hinein und läßt mich selbst ein wenig zittern. Kurz darauf fällt mir ein, daß Elisa manchmal zu weinen anfing, wenn wir miteinander schliefen. Sie sagte, ich sollte nicht beunruhigt sein, sie weinte oft und leicht, jedenfalls zu Anfang. Später hörte sie damit auf, genau wie jetzt das Boot mit seinem Zittern.

EINUNDSECHZIG

Liebe Laura,
am Dienstag fahre ich zur Insel hinüber. Die Überfahrt dauert dreieinhalb bis vier Stunden. Ich werde einen Tag bleiben, wenn es mir gefällt zwei. Vorher werde ich noch einmal anrufen. Es ist Frühabend. Segelboote fahren mit tief herunterhängenden Segeln in den Hafen ein. Wenn ich sie länger anschaue, habe ich das Bedürfnis, viel und schnell zu reden. Jetzt weißt Du den Grund, warum ich nur abends telefoniere! Morgens ist es genau umgekehrt. Der Blick auf das glatte Wasser und die aufrechten Segel macht mich ruhig. Ich denke dann, die Welt ist jetzt mucksmäuschenstill und Du bist es auch. Werner hat übrigens bemerkt, daß meine Erinnerungen nicht immer ganz wahr sind, beziehungsweise, daß es von manchen mehrere Versionen gibt. Seine Erinnerungen, schreibt er, sind unbestechlich wie ein Fotoalbum. «Wenn ich es aufschlage, kann ich sicher sein, daß ich immer die gleichen Bilder sehe und die gleichen Erinnerungen habe.» Guter Gott! Bis Dienstag! Dein W.

Am Spätnachmittag ein Gang durch die Bordellstraße im Hafenviertel. Es ist eine langgezogene, leicht gekrümmte Straße mit kleinen, höchstens zweistöckigen Häusern. Es sind nur wenige Frauen da. Sie sitzen hinter großen Schaufenstern, die meisten halbnackt; viele tragen Badeanzüge, die Ränder zurückgeschoben bis zu den Hautfalten. Der Schauraum ist auch der Arbeitsraum. Betritt ein Mann ein Zimmer, zieht die Frau lediglich einen Vorhang zu. So entsteht der einmalige Fall einer durchsichtigen Verheimlichung: Der geschlossene Vorhang gibt das Geschehen, das er verbirgt, zugleich frei. Eine Frau öffnet ihr Fenster und fragt mich, ob ich nicht ein Deutscher sei. Ich bin verblüfft und gestehe, und ehe ich sie fragen kann, was das erkennbar Deutsche an mir sei, schnurrt sie auf deutsch ihr Angebot herunter: Französisch oder Bumsen fünfzig Gulden, nackt siebzig Gulden, Bumsen oder Französisch nackt mit Anfassen achtzig Gulden, Französisch oder Bumsen ganz nackt hundert Gulden, Französisch oder Bumsen ganz nackt mit Anfassen hundertfünfzig Gulden, eine halbe Stunde alles inklusive zweihundert Gulden.
Lachend verlasse ich die Bordellstraße.

Sogar die Bushaltestelle, an der ich warte, liegt am Meer. Einige Leute stehen herum, Einheimische, die wie ich in die Nachbarstadt wollen, aber ihr Gesicht ist der See abgewandt. Ich schaue die Wartenden an und frage mich, ob es erlaubt ist, das Meer nicht zu beachten. Oder stellt sich bei Uferbewohnern eines Tages ein Meeresüberdruß ein? Obwohl ich schon an vielen Ufern war, hat sich bis heute kein Gefühl der Vertrautheit mit dem Meer eingestellt. Es genügen ein paar Blicke auf das Wasser, schon spüre ich die Entzündbarkeit durch die Weite, das Hineinfließen in eine Offenheit, die ich niemals werde fassen können. Die Fahrt dauert ungefähr fünfzehn Minuten. Sie führt am Meer entlang, ich versäume keinen Blick. Das erste, was ich vom Nachbarort sehe, ist das Schaufenster eines Fotogeschäfts. Ausgestellt sind zwei oder drei Dutzend Babyfotos. Obgleich ich keinen der Säuglinge kenne, erlaubt mir mein Bewußtsein nicht, daß ich die Fremdheit der Neugeborenen auch empfinde. Im Gegenteil, es tut so, als sei ich mit allen Gesichtern seit je vertraut. Ich drehe mich um und schaue auf das Meer, ich bin verblüfft und hoffe, den Starrsinn meines Bewußtseins zu Fall zu bringen, aber es bleibt dabei: Die fremdesten Säuglinge erscheinen mir vertraut, das schon so lange angeschaute Meer nicht.

VIERUNDSECHZIG

Liebe Isolde,
erinnere mich an eine Situation, in der ich als Kind zum ersten Mal das Gefühl hatte, daß ich trotz meiner Widersprüche vielleicht doch nicht untergehen werde. Ich war elf Jahre alt und betrachtete meine Mutter an der Nähmaschine. Sie hatte den Mund voller Stecknadeln und schneiderte sich wie üblich ein Kleid. Es ärgerte mich, daß die von ihr genähten Kleider so langweilig und unscheinbar waren. Nein, ich fürchtete, meine Mutter werde mehr und mehr zu einer einfältigen Näherin, vor der ich dann keinen Respekt haben könnte. Nein, ich glaubte, die Krampfadern an ihren Beinen würden durch die Arbeit an der Nähmaschine immer schlimmer. Nein, es ängstigte mich, daß sie in ihrer Arbeit immer perfekter werden und sie als hervorragende Schneiderin eines Tages unsere Familie verlassen könnte. Such Dir etwas aus! Jedenfalls wünschte ich mir manchmal, sie möge alle Stecknadeln in ihrem Mund schlucken und daran sterben. Einmal erhob sie sich von der Nähmaschine, kam zu mir und streichelte

mich, obwohl ich ihr kurz zuvor im stillen den Tod gewünscht hatte. Obgleich mich ihre Hand am Kopf peinigte, fühlte ich doch die Möglichkeit, daß ich meinen Zwiespältigkeiten eines Tages entkommen könnte.

PS. In Kürze legt das Schiff ab. Ich habe einen guten Platz, ich werde die Horizonte rundum sehen können. Das Wetter ist gut, die See bewegt. Je aufgewühlter das Meer ist, desto ruhiger fühle ich mich. Bis bald, W.

FÜNFUNDSECHZIG

Vor etwa einer halben Stunde setzte sich ein Mann mit verbranntem, verstümmeltem Gesicht in meine Nähe. So ungefähr, dachte ich, sieht man nach einem Motorradunfall ohne Helm aus. Die Gesichtshaut des Mannes ähnelt festgewordenem Zement. Eine merkwürdig randlose Öffnung befindet sich an der Stelle, wo früher ein Mund war. Von der Nase ist eine grobe Narbe übriggeblieben, für die es kein Wort gibt. Eine riesige Brille mit dunklen Gläsern verbirgt die obere Hälfte des Gesichts. Vermutlich ist der Anblick der Augenpartie unzumutbar. Ich versuchte, das Gesicht zu vergessen, entdeckte es aber dann doch immer wieder. Ich erschrak von Mal zu Mal und wußte nicht recht, wie ich mich vor dem Anblick schützen sollte. Vielleicht hat der Mann die Entwicklung meiner Gefühle beobachtet. Er bot mir eine Zigarette an, seine Mundöffnung brachte ein Lächeln zustande. Ich nahm die Zigarette und erschrak noch mehr. Muß er um einzelne Menschen werben, damit sie ihn wieder anschauen? Der Mann gab mir Feuer, danach verließ er seinen Platz und sieht jetzt von der Reling aus auf das Meer. Das heißt, ich weiß nicht, ob er das Meer wirklich sieht. Jedenfalls tut er so. Nein, er tut nicht so. Vielleicht muß es ihm genügen, das Meer zu riechen oder nur noch zu hören.

SECHSUNDSECHZIG

Eine Frau verläßt die Plattform des Steuerhauses und sucht sich einen Platz auf dem Oberdeck. Sie ist barfuß und trägt einen Rucksack. In der Nähe des Fockmasts findet sie einen leeren Tisch. Sie nimmt Platz, packt den Rucksack unter den Tisch und stellt die Füße drauf. Aus ihrer Handtasche holt sie Buntstifte und einen kleinen Zeichenblock. In rascher Folge malt sie, das Gesicht dicht über dem Block, eine Serie farbiger Bildchen. Aus dem Rucksack nimmt sie fertige Holzrahmen, in die sie die Bilder einpaßt. Jetzt zündet sie sich eine Zigarette an, geht auf dem Oberdeck umher und bietet ihre Bilder an. Aber sie hat kein Glück. Niemand kauft ihr etwas ab. Das Meer duldet keine anderen Bilder neben sich. Aber es sieht nicht so aus, als könnte die Frau die Zurechtweisung des Meeres erkennen. Kleinlaut geht sie an ihren Tisch zurück und malt eine neue Serie.

SIEBENUNDSECHZIG

Lieber Werner,
Du hast entdeckt, daß es in meinen Erinnerungen gewisse Unstimmigkeiten gibt. Irgendeine umfassende Erklärung habe ich dafür nicht. Ich kann Dir statt dessen ein wichtiges Detail aus meinem Alltag zu Hause anbieten. Dort kenne ich eine Straße, in der es gleich drei verschieden falschgehende Uhren gibt. Sie gehen nach oder vor, je nachdem. Wenn ich die Straße entlanggehe, weiß ich natürlich, wieviel Uhr es wirklich ist, aber ich möchte auch nicht auf die drei falschen Uhren verzichten. Es geht, wenn ich so sagen darf, von den falschen Uhrzeiten eine höhere Lächerlichkeit aus, manchmal fast ein Hohn auf die einzig richtige Zeit – das kommt ein bißchen auf meine Stimmung an. Im Sinne der drei falschen

Uhrzeiten habe ich den Anspruch aufgegeben, in allen meinen Mitteilungen wiedererkennbar zu sein. Wenn Dir das zu unbesorgt ist, werde ich Dir selbstverständlich keine Erinnerungen mehr schreiben; aber ich hoffe, Du bist nicht so ernst wie die einzig richtige Zeit!

PS. Wenn Du mir noch einmal antworten willst, dann bitte nicht mehr an das Hotel, sondern an meine Adresse zu Hause. Ich bin im Augenblick unterwegs zu einer kleinen Insel und werde nach diesem Ausflug bald zurückkehren.

Es grüßt Dich herzlich W.

ACHTUNDSECHZIG

Das Schiff drosselt das Tempo. Wir schlängeln uns durch eine kleine, vermutlich unbewohnte Inselgruppe hindurch; ihre niedrigen Hügel, nur mit Gras und Ginster bedeckt, sehen stumpf und abweisend aus. Da schieben sich zwei Häuser ins Bild, und plötzlich erscheinen die gleichen Hügel freundlich und zart. Wir sind jetzt ungefähr eine Stunde unterwegs. Die Leute auf dem Schiff haben ihre Plätze gefunden. Sie sitzen, liegen, schauen, schweigen. Die Menschen erscheinen endlich einmal nicht schon deswegen bedauernswert, weil sie sich zeigen müssen. Der Raum unter dem Himmel ist eine einzige große Erlaubnis geworden. Nicht weit von mir liegt eine jüngere Frau, die auf den Holzplanken des Backdecks eingeschlafen ist. Ihr Anblick verblüfft mich. Wie ist es möglich, das Meer nicht zu beachten? Nach einer Weile beneide ich die Frau um den Ausdruck ihrer Versunkenheit. Unbeaufsichtigt liegen ihre Sachen um sie herum, ihre Handtasche, aus der eine deutsche Zeitung hervorschaut, ihr Rucksack, ihr Anorak, eine Landkarte.

NEUNUNDSECHZIG

Inmitten der Unbehelligtheit sehe ich das Bild der Kommode, die zu Hause in unserem Flur steht. Und Lauras angebissenes Butterbrot, das von Zeit zu Zeit auf dieser Kommode liegt. Laura richtet sich das Butterbrot früh morgens und braucht manchmal fast den ganzen Tag, bis sie es gegessen hat. Sie nimmt immer nur kleine Bissen und legt das Brot dort ab, wo sie sich gerade befindet, auf dem Kühlschrank, auf dem Fernsehapparat, auf dem Regal im Bad. Das Brot gehört zu Lauras innerem Extremismus, der in unregelmäßigen Abständen durchbricht. Am Frühabend ist das Brot ein wenig eingetrocknet und krümmt sich an den Rändern. Aber es ist mir verboten, das Brot wegzuwerfen. Ich sehe es auf der Kommode liegen und weiß, daß dieses und alle noch folgenden Butterbrote immer grausamer für mich sein werden. In früheren Jahren habe ich wegen des Butterbrots die Wohnung mit Laura darin vorübergehend verlassen, ohne Erfolg. Ich kehrte immer wieder in die Wohnung zurück, in den lichten Raum der Liebe und des uns langsam umklammernden Todes.

SIEBZIG

Liebe Anna,
erinnere mich an einen Lieblingsspruch meines Vaters. Er lautet: An einem schönen Tag kommt ein schöner Tag. Ich weiß bis heute nicht, was der Spruch ausdrücken soll. Vermutlich ist er ein Trost dafür, daß es nie einen schönen Tag gab. Oder soll er aussprechen, daß jeder Tag ein schöner Tag ist? Oder gar: Es gibt keine schönen Tage, aber es ist immer gut, auf einen zu warten? Es kam vor, daß Mutter auf den Spruch des Vaters ihrerseits mit einem Spruch antwortete. Der unvergeßlichste lautet: Das Licht brennt ein Loch in den Tag. Auch von diesem Satz weiß ich nicht, was er meint. Es war, als wollten die Eltern einander etwas mitteilen, was sie

in entschlüsselter Rede nicht zu sagen wagten. Aber was? Erinnere mich, daß ich eines Tages in Lebenssituationen zu kommen hoffe, in denen mir die Bedeutung der Sätze aufgeht. Herzlich, W.

EINUNDSIEBZIG

Auf dem Oberdeck begegnet mir der Kapitän. Er ist ein Mann in mittleren Jahren, gut aussehend, ein bißchen heruntergekommen. Seine Uniform besteht aus einer zerschlissenen Jacke mit vergoldeten Knöpfen und halb aufgelösten Tressen. Er erinnert mich an den Schaffner, den ich damals, während meiner ersten Reise mit der Straßenbahn, beneidet hatte, weil er jeden Tag Straßenbahn fahren durfte. Der plötzliche Kontakt der beiden Bilder in meinem Bewußtsein amüsiert mich, obgleich ich nicht herausfinden kann, ob mich die Erinnerung enttäuscht oder beglückt. Ich setze mich auf eine Holzbank und nehme die Brille ab. Ich sehe, daß sich rund um die Einfassungen der Gläser ein Sandrand gebildet hat. Wenn ich in solchen Augenblicken sterben müßte, würde der Schmutz an der Brille gut zu meinem Tod passen. Ich putze die Brille und fürchte dabei, das obszöne Nebeneinander von Vorstellungen werde mich eines Tages zerfetzen. Da läuft die Frau vorbei, die vorhin geschlafen hat. Sie lächelt, und ich sehe, daß sie, obwohl noch jung, schon ein Gebiß trägt. Der Anblick der gewöhnlichen Widersprüche beruhigt mich endlich.

ZWEIUNDSIEBZIG

Vorne, in der Nähe des Bugs, spielt ein junger Mann Gitarre. Das Aufschäumen des Wassers links und rechts übertönt ihn, aber es macht ihm offenbar nichts aus. Die Frau mit der deutschen Zeitung sitzt in der Nähe auf einem Poller und ißt Schokolade. Wenn ich mich nicht täusche, werden wir uns noch während der Überfahrt ansprechen. Ringsum trostreiches Glitzern und darüber blendende Helligkeit, am Horizont ein zittriger Dunst. Ich probiere es mal mit diesem Satz: Meine kleine verwaschene Sehnsüchtelei nähert sich ihrem Höhepunkt. Ich sehe unablässig in das Flirren des Wassers und des Lichts, es ist, als würde flüssiges Silber in meine Augen gegossen. Wenn das Licht zu stark wird und die Augen zu tränen beginnen, nähere ich mich einer harmlosen Verrücktheit. Dann möchte ich behaupten: Das Meer und mein Inneres flüstern miteinander, und ich verstehe kein Wort!

Liebe Ruth,
falls ich einmal dazu übergehe – und ich fürchte, ich habe Neigung dazu –, mich als Opfer darzustellen, dann erinnere mich an Judith. Sie war fünfzehn wie ich und wohnte mit ihren Eltern drei Straßen weiter, und sie ging wie ich sonntagsnachmittags ins Kino. Wir warteten aufeinander im Vorraum des Kinos und setzten uns dann nebeneinander. Ich habe mich nie fragen müssen, ob das Mädchen zu mir gehörte oder nicht oder ob ich es meine Freundin nennen durfte oder nicht. Unter der Woche sah ich sie kaum, ich wußte nicht, was sie sonst tat oder nicht tat, ich liebte sie, ohne etwas von ihr zu wissen, das Beste, was es gibt. Judith hatte wundervolle kleine Brüste, von denen eine mir bis dahin unbekannte Tröstung ausging; ich brauchte sie nur kurz zu berühren, und schon vergaß ich, was mich bedrückte. Aber wenn der Film zu Ende war, hatte ich große Probleme. Denn Judith hatte nicht nur entzückende Brüste, sondern auch schlechte Zähne und eine Zahnspange. Es war ein auffälliges, häßliches Drahtgestell, das über ihre obere Zahnreihe gespannt war. Ich merkte, daß Judith der Zahnspange wegen von den anderen Kindern geschnitten und manchmal sogar verlacht wurde. Auch mich traf Spott. Sonntag

für Sonntag verließen eine Menge hübscher Mädchen das Kino; warum mußte ich mich ausgerechnet mit der beschädigten Judith anfreunden? Ich konnte niemandem sagen, daß die Zahnspange mein Glück mit Judiths Brüsten nicht beeinträchtigte, und ich konnte noch weniger sagen, daß ich rasend darum besorgt war, es könnte dieses Glück auch von anderen entdeckt werden. Insofern war ich mit der Zahnspange zufrieden. Sie schreckte alle Konkurrenten ab. Allerdings brachte diese Beschwichtigung schon bald ein Zerwürfnis mit mir selber hervor. Ich begann, mich meiner Liebespolitik wegen zu verurteilen. Beziehungsweise ich war entsetzt über die Entdeckung, daß es Liebespolitik überhaupt gab und daß ich eine solche betrieb. Niemals habe ich gewollt, daß das einfache Berühren eines anderen Körpers solche Komplikationen nach sich zog. Bald mehr davon. Eine Umarmung aus der Ferne von W.

VIERUNDSIEBZIG

– Meine Familie arbeitet seit fünf Generationen im Zirkus, sage ich.
– Nein! sagt sie.
– Mein Großvater war Bodenartist, mein Vater

Clown; erst mein Bruder und ich sind Hochseilartisten geworden.

– Sind Sie schon einmal abgestürzt? fragt sie.

– Nein.

– Und wenn es einmal passiert?

– Dann falle ich in das Netz, sage ich und lache kurz.

– Wäre das schlimm?

– Schlimm nicht, sage ich, aber auch nicht gerade toll; ein Artist, der vom Seil fällt, sollte besser Blumen verkaufen.

– Wer hätte das gedacht, ruft sie aus, daß ich mal einen richtigen Artisten kennenlerne! Allerdings habe ich es mir schon lange gewünscht!

– Sie wollten schon immer einen Artisten kennenlernen?

– Jemand vom Zirkus! ruft sie. Ich dachte eher an einen Clown.

– Clown war ich auch mal, sage ich, mit elf.

– Nein!

– Unser Vater war Clown, wiederhole ich, irgendwann hat er mich und meinen Bruder zu seinen Assistenten gemacht; er hob uns herum auf Armen und Händen, es gab ein bißchen Handstand und Herunterfallen und Wälzen im Sand, das war alles, und es war zuwenig.

– Haben Sie sich deswegen für das Hochseil entschlossen?

– Ja, sage ich; es war ein legaler Weg, sich vom Vater zu trennen.
– Oh, macht sie.

FÜNFUNDSIEBZIG

– Als ich dreizehn war, sagt sie, hat das Haus meiner Eltern gebrannt. Das Dach stand schon halb in Flammen, aber glücklicherweise kam die Feuerwehr sehr schnell. Meine Eltern rannten raus und rein und retteten, was sie konnten.
– Und wo waren Sie? frage ich.
– Ich habe ein halbvolles Gurkenglas an mich genommen, sagt sie, das auf dem Küchentisch stand. Mit dem Gurkenglas im Arm habe ich das qualmende Haus verlassen und habe mich draußen hingesetzt. Ich habe das Glas geöffnet, habe die Gurken aufgegessen und habe dabei zugeschaut, wie das Haus brannte.
– Brannte es ab?
– Nein, sagt sie, es gelang der Feuerwehr, die Flammen zu ersticken; es blieb bei einem Dachstuhlbrand.

SECHSUNDSIEBZIG

Liebe Elisa,
warum waren wir, trotz unserer Klugheit, genauso dumm wie die anderen? Das ist die Frage, die mich am meisten beschäftigt, wenn ich an uns denke. Warum wollten wir nichts Besseres als das ärmliche Glück? Warum haben wir uns mit immer neuen Forderungen gegenseitig in die Enge getrieben? Und warum kam uns, zum Beispiel, nie die Idee, uns wechselseitig zu einem gelingenden Leben zu verhelfen, das wir dann immer noch Glück hätten nennen können? Sollten wir nicht einmal versuchen, über diese, vielleicht endlich richtigen Fragen zu sprechen? Ich bin zur Zeit auf einer kleinen westlichen Insel, bin aber bald wieder zu Hause. Ich werde riskieren, Dich mal anzurufen, wenn ich zurück bin. Freundlich, W.
(Nicht abgeschickt)

SIEBENUNDSIEBZIG

Punkt sechs Uhr startet das Schiff zur Rückfahrt. Das Meer ist stahlgrau und ruhig. Die deutsche Touristin hat sich im Büfettraum einen Becher Kaffee geholt und setzt sich neben mich.

– Ich habe sofort gewußt, sagt sie, daß Ihre Zirkusgeschichte erfunden ist, aber ich wollte sie Wort für Wort hören.
– Auf einem Schiff bin ich ein anderer.
– Ist es die Beredsamkeit des Lichts und der Helligkeit? fragt sie.
– Vermutlich, sage ich; das Haus Ihrer Eltern hat doch auch nie gebrannt, oder?
– Es gab nicht einmal ein Haus, sagt sie.
– Und das Gurkenglas?
– Das gab es wirklich, sagt sie. Es stand bei uns zu Hause in der Küche. Ich aß von Zeit zu Zeit Gurken und stellte mir Feuersbrünste vor.
– Ich hole mir auch einen Kaffee, sage ich.

ACHTUNDSIEBZIG

Mit präziser Langsamkeit fährt das Schiff in den Hafen ein. Ich stehe mit der Touristin auf dem Dach des Steuerhauses. Die meisten Passagiere drängeln schon jetzt zum Ausgang. Ich versuche, das Fenster meines Hotelzimmers zu sehen. Die langsame Bewegung des Schiffskörpers ruft eine festliche Stimmung hervor. Mehr und mehr Leute kommen zur Landestelle, einige von ihnen winken. Es entsteht für kurze Zeit die Illusion, die Menschen hätten die gleichen Erlebnisse. Unter den Wartenden erkenne ich die Hotelbüglerin; es ist, als würde ich eine alte Bekannte aus der Welt meiner Phantasien wiedererkennen. Zentimeter für Zentimeter schiebt sich das Schiff an die Kaimauer heran. Die Büglerin winkt mir, ich bin überrascht, ich zögere kurz und winke ebenfalls. Arbeiter halten Autoreifen zwischen Schiffswand und Kaimauer. Schon senkt sich die Falltreppe auf das Ufer, die ersten Passagiere verlassen das Schiff. Vermutlich glaubt die Touristin, ich sei mit der Büglerin verabredet. Sie verabschiedet sich rasch. Die Büglerin sah mich mit der Touristin reden und lachen. Kurz darauf ist auch sie verschwunden.

NEUNUNDSIEBZIG

Liebe Laura,
erinnere mich, daß ich mit dreizehn einige Wochen lang die Angewohnheit hatte, mich am Spätnachmittag in die Empfangshalle eines großen Luxushotels zu setzen. In einem prunkvollen Ledersessel wartete ich darauf, von einem reichen Mann angesprochen und mitgenommen zu werden. Ich hatte keine Vorstellung, wie die Verhältnisse sein sollten, in die ich hineinverpflanzt werden wollte, ich war nur sicher, irgendwo würde es eine Welt geben, die

auf mich wartete und die mir gefiel. Immer wieder öffneten sich Türen, interessante Männer, manchmal auch Frauen, traten hervor, aber es sprach mich niemand an. Auch das Personal ließ mich in Ruhe oder bemerkte mich nicht. Vermutlich dachten sie, ich sei Kind eines Hotelgasts. Es wollte niemand etwas von mir, ich weiß nicht warum. Aus Wut nahm ich einen Kerzenständer mit nach Hause, der auf einem der Rauchtische stand. Zwei Wochen später (noch immer war niemand an mich herangetreten) ließ ich eine Silberschale verschwinden. Als ich sie zu Hause in meinem Spielzeugschrank versteckte, brach ich in Tränen aus. Erinnere mich, daß ich das Weinen nicht verstand. Denn eigentlich gefielen mir die Vorgänge im Hotel, genauer: die Umwandlung einer Sehnsucht in eine Folge spannender Alltagshandlungen. Herzlich, W.
PS. Morgen reise ich ab; vermutlich werde ich zwei Tage in Amsterdam Station machen. Ich nehme an, ich werde Samstag nacht nach Hause kommen. Du mußt nicht aufbleiben und nichts vorbereiten.

ACHTZIG

Ungefähr eine Stunde vor der Ankunft bleibt der Regionalzug nach Amsterdam auf offener Strecke stehen. Niemand weiß, was geschehen ist und was geschehen wird. Da und dort steht ein Fahrgast auf, öffnet das Fenster, sucht nach dem Schaffner. Dieser erscheint und fordert die Fahrgäste auf, den Zug zu verlassen. Ich verstehe nicht recht, was er sagt, aber offenbar hat die Lok einen Schaden. Wir werden mit Bussen weitertransportiert. Beim Einsteigen in einen Bus gerate ich in eine Gruppe von Behinderten, erkenne es aber erst, als ich schon mitten unter ihnen sitze. Eine junge Mongoloide faßt mich an und drückt sich an mich. Einige Behinderte schauen uns zu und kichern, aber das haben sie vorher auch schon gemacht. Der Bus fährt über einsame Landstraßen, ich erwehre mich der Zudringlichkeiten, so gut es geht. Vermutlich ist meine Abwehr nicht deutlich genug, genaugenommen weiß ich nicht, was ich machen soll. Eine Betreuerin, die mich vielleicht retten könnte, ist nicht in Sicht. Schon wage ich nicht mehr, mich zu entfernen, außerdem finde ich jetzt keinen freien Platz mehr. Ich harre aus und gebe mir Mühe, an irgend etwas anderes zu denken. Nach einer halben Stunde öffnet die Mongoloide ihre Handtasche, holt eine Plastikschere heraus und versucht, mir einen Finger abzuschneiden. Danach verliert sie das Interesse an mir, die Plastikschere fällt zu Boden. Später, in Amsterdam, am Damplatz, treffe ich die Behindertengruppe wieder. Ich suche meine Liebhaberin, finde sie auch rasch, schaue ihr aus der Nähe ins Gesicht, sie zeigt keine Reaktion. Ich gehe eine Weile neben ihr her, es bleibt dabei, sie erkennt mich nicht wieder.

EINUNDACHTZIG

An der Prinsengracht setzt sich ein Mann auf eine Bank und öffnet eine Schachtel. Er entnimmt ihr ein Paar neuer Schuhe und zieht sie an. Die alten Schuhe läßt er an Ort und Stelle zurück, die leere Schachtel steckt er in einen Papierkorb, dann geht er weg. Der Anblick der verlassenen Schuhe zieht mich an, ich will sie mir aus der Nähe anschauen, komme aber zu spät. Ein Müllmann mit einem zweirädrigen Abfallwagen ist vor mir da und wirft die alten Schuhe in sein Gefährt. Plötzlich spüre ich den Drang, in das Hotelzimmer zu gehen und meine dort zurückgelassenen Schuhe zu betrachten. Nach wenigen Minuten bin ich dort, von meinen Schuhen fehlt keiner. Da fällt mir auf, daß ich rund zehn Tage lang nicht erschrocken gewesen war. Unten, im Innenhof des Hotels, plätschert ruhig ein kleiner Brunnen.

Lieber Werner,
Du hast ja recht, an der Erstarrung des Geschehenen kommen wir nicht vorbei! Aber das ist nur die eine Hälfte der Geschichte; die andere Hälfte ist: Ich möchte das Erstarrte nicht ebenso erstarrt in der Erinnerung wiederholen müssen. Ich behaupte, selbst die Erinnerung möchte das nicht! Ist Dir nicht auch schon aufgefallen, wie dürftig und zunehmend unglaubwürdig die Erinnerungen durch das Wiedererinnern werden? Zu den Lebensübrigbleibseln meiner Eltern gehört ein Super-8-Film von einem ihrer Urlaube in Marokko. Der Film zeigt die beiden während eines Kamelritts. Acht oder neun peinliche Minuten lang ließen sie sich dabei filmen, wie sie verlegen, unbeholfen und beinahe grotesk durch den Sand ritten. Meine Eltern haben mir diesen Film (und einige andere, kaum weniger törichte) ausdrücklich als Erinnerung an sie vermacht. Als ich den Film zum ersten Mal sah, wurde ich traurig. Ich verstand, daß ich mir Erinnerungen an die Eltern werde selber erfinden müssen. Ich habe mir den Film seither nie wieder angeschaut; er ließ in mir eine Beschämung zurück, in der ich mich nicht an die Eltern erinnern wollte. Und dies, obgleich ich, wie Du inzwischen weißt, einen Sinn für das Gro-

teske habe; freilich nicht, wenn sein Objekt die eigenen Eltern sind. Zum ersten Mal ging mir auf, daß die objektivsten Erinnerungen die falschesten sein können. Wir sollten sowieso nicht glauben, daß wir für andere Personen Erinnerungen sozusagen «bereitstellen» können; es sei denn, der Sinn dieser anderen ist genauso tot wie ein Film, der für sie gedreht wurde. Verzeih den belehrenden Ton, aber Du hast mich an einer empfindlichen Stelle getroffen. In Kürze bin ich zu Hause. Ich bin gespannt, was Du antwortest, was Du hoffentlich tun wirst. Es grüßt Dich W.

DREIUNDACHTZIG

Der Verlust vollzog sich in drei Stufen. Ich kann sagen, die Erinnerung an Elisas Körper war mir über viele Jahre hin so präsent, als hätte ich ihn im Verlauf unserer Intimität mehr und mehr in meinen eigenen Körper eingelagert und hätte ihn, trotz der Scheidung, weiter mit mir herumgetragen. Das war die erste Stufe. Die sinnenhaft gedenkende Einlagerung eines anderen Körpers in den eigenen ist die wunderlichste und folgenreichste Liebesregung, die ich kenne. Sie führte zu dem unglaublichen Ergebnis, daß ich der Liebe zu Elisa nach der Trennung gewisser war als zuvor. Die zweite Stufe setzte nach etwa sieben Jahren ein. Elisas Körper entschwand aus meinem; an die Stelle der Totalität trat das Gedächtnis an Einzeldinge. Jetzt sah ich, immer nur beleidigend flüchtig, Bilder ihrer Fingernägel, ihrer Mundstellung, ihres Achselhaars. Nach weiteren zwei oder drei Jahren entzogen sich auch diese Detailbilder, bis auf eines. Geblieben ist die Erinnerung an den Wintermantel, den sie trug, als wir uns kennenlernten. Dieser Bildrest ist die dritte Stufe. Es war ein zweireihiger grauer Mantel mit abgerundetem Kragen und braunen Lederknöpfen.

VIERUNDACHTZIG

Kurz vor Mitternacht öffne ich die Tür unserer Wohnung. Laura ist aufgeblieben und empfängt mich zart und überschwänglich. Sie läßt mir ein Bad ein, und während ich mich erfrische, tischt sie auf und öffnet eine Flasche Bordeaux. Wir essen und reden, als sei ich sehr lange und sehr weit weg gewesen. Eine Stunde später sehe ich Lauras schönen, an die Zimmerdecke gerichteten und dort nicht ankommenden, weil unterwegs in ihrer eigenen Lust absinkenden Blick. Erst zwei Tage später fällt mir auf, daß ich meinen Schrank wieder benutze, als sei er nie außer Betrieb gewesen. Laura hat, während ich weg war, das Schloß auswechseln lassen, es ist eindeutig, auch der Schlüssel ist neu. Aus der beiläufigen Aufhebung meiner Nachlässigkeit bleibt der Einfall zurück, daß Laura längst meine heimliche Betreuerin geworden ist. Ich schäme mich des Einfalls, freilich umsonst. Kurz streift mich die Ahnung, daß ich vielleicht nicht lieben kann. Wenn ich es könnte, würde ich die Betreuung nicht nur auf Anhieb verstehen, sondern mich ihrer erfreuen; ich würde sie nicht einmal so nennen. Draußen, auf dem Flur, steht Laura und bürstet ihren Rock.

FÜNFUNDACHTZIG

Lieber Christoph,
erinnere mich, daß ich mit fünfzehn ein Buch über das Leben Pariser Künstler gelesen habe. Sie schliefen lange, sie frühstückten gegen Mittag und redeten dabei über ihre Probleme. Nachmittags saßen sie in ihren Ateliers und rauchten, malten oder schrieben. Nachts trafen sie sich in unscheinbaren Bars mit Prostituierten. Diese so anregenden wie weitsichtigen Frauen unterstützten einige der Künstler mit regelmäßigen Geldzuwendungen. Das Buch rückte mir während des Lesens immer näher. Ich verlor das

Gefühl dafür, daß es von einer fremden und abwesenden Welt handelte. Einige Abende später streifte ich in den zwei oder drei Nachtlokalen umher, die es in meiner Heimatstadt gab. Die Umgebungen, die ich dort sah, ähnelten den Pariser Bars in keiner Hinsicht. Die Frauen, die dort arbeiteten, wollten nichts von mir. Sie warteten, daß ich wieder ging, was ich nach einiger Zeit auch tat. Am folgenden Tag erzählte ich in der Schule, ich sei in Pariser Bars gewesen. Niemand lachte. Meine Mitschüler reagierten auf mich ähnlich ratlos wie die Frauen in den Bars. Allerdings gefiel mir die Verdutztheit in den Gesichtern meiner Kameraden. Als ich diese oder jene Einzelheit aus den Nachtlokalen erzählte, steigerte sich ihre Ratlosigkeit. Ich sah, wie sie überlegten, ob ich vielleicht nicht doch schon in Pariser Bars gewesen sein könnte. Herzlich, W.

SECHSUNDACHTZIG

Ich überlege, ob ich mich mit Fernsehen oder Zeitunglesen zerstreuen soll. Laura geht geschäftig in den Zimmern umher. Sie bügelt Unterröcke, zwischendurch cremt sie sich den Hals ein. Dann räumt sie das Bad auf, wechselt dabei die Bluse. Das Telefon läutet, Laura nimmt ab, es ist Elisabeth, eine Freundin. Laura telefoniert, zieht sich dabei die Strümpfe aus und untersucht zuerst die Strümpfe, dann ihre Zehen, danach die Zwischenräume zwischen den Zehen. Nach dem Telefonieren legt Laura ihren Rock ab und zieht einen anderen an. Zwischendurch untersucht sie eine Hose, legt sie wieder beiseite, probiert dafür eine andere schnell an und räumt eine dritte weg. Jetzt steht Laura im Flur vor dem Spiegel und kämmt sich. Eine Menge Haare segeln auf den Boden, die Laura später zusammenkehren wird. Erneut klingelt das Telefon. Laura nimmt ab, am Thema erkenne ich, daß es Hanna ist, die weitere Einzelheiten über die Reflexzonenmassage hören will. Laura setzt sich und untersucht ihre Knie, während sie telefoniert. Es interessiert mich nicht, was Laura und Hanna miteinander reden, dennoch lausche ich in den Flur hinaus und kann nicht entscheiden, ob ich mich mit Fernsehen oder Zeitunglesen zerstreuen soll.

SIEBENUNDACHTZIG

Die Schlagzeile einer Boulevard-Zeitung meldet den Selbstmord eines bekannten Fernsehkünstlers, der in meiner Kindheit allseits beliebt war. Arglos kaufe ich die Zeitung, weil ich hoffe, im Inneren des Blattes Berichte über seine Anfänge und damit auch über die Zeit meiner Kindheit zu finden. Statt dessen gibt es, über zwei volle Zeitungsseiten hin, eine einzige Riesenreportage über (so die Überschrift) «Seine Frauen, seine Freundinnen, seine Urlaube, seine Autos».

ACHTUNDACHTZIG

Liebe Ruth,
fast einen Winter lang half mir meine Liebespolitik, den Konflikt mit Judiths Zahnspange auszuhalten. Dann merkte ich, daß sich die Kräfte verschoben. Der Blick der anderen ging immer öfter durch mich hindurch. Nach etwa einem Jahr war ich ihm erlegen und sah Judith mit den Augen der anderen. Ich hatte meinen eigenen Blick verloren oder vielleicht nur geopfert. Schon einen Sonntag später erschien ich nicht mehr im Vorraum des Kinos. Ich wollte tot sein und rechnete damit, an diesem Nachmittag zu sterben. Ich steckte ein trockenes Stück Brot ein, das ich am Tag zuvor hatte wegwerfen wollen, und ging zum Flußufer. Dort legte ich mich ins Gras und wartete. Tatsächlich spürte ich mehrmals die inneren Raubzüge eines zukünftigen Sterbens, die mich mehr und mehr verstummen ließen. Meine Sprachlosigkeit verband sich mit dem Schweigen der Häuser, Straßen und Brücken ringsum und verwandelte

sich in eine Erklärung für das umfassende Totsein der Welt, in das ich soeben eingetreten war. Auf einmal schmeckte mir das halbtrockene Brot, von dem ich kleine Stücke herunternagte. Erinnere mich, wie sehr ich mich darüber wunderte, wie unangefochten das Leben als Toter war. Einen schönen Gruß von W.
PS. Laura bereitet ein Abendessen für ein paar nahe Freunde vor, in etwa drei Wochen; sie wird Dich noch gesondert einladen.

NEUNUNDACHTZIG

Ich frage Laura, ob sie bereit ist, ein Paar Schuhe von mir aufzubewahren.

– Was heißt aufbewahren?
– Du stellst die Schuhe in einen Schrank oder legst sie in eine Schachtel und achtest darauf, daß sie nicht weggeworfen werden.
– Warum?
– Ich nehme an, daß die Erinnerungskraft von Gegenständen weniger manipulierbar ist.
– Sind es alte Schuhe oder neue?
– Es sind ein paar ältere schwarze Halbschuhe, die ich nicht mehr trage.
– Wie lange soll ich sie aufbewahren?
– Das kann ich im Augenblick nicht abschätzen.

– Wirst du die Schuhe eines Tages wieder haben wollen?
– Das ist möglich.
– Wirst du mich bald fragen, ob ich nicht auch noch andere Dinge von dir aufbewahren kann?
– Das kann sein.
– Darf ich anderen Personen von deiner Bitte erzählen?
– Lieber nicht.

Nach kurzer Überlegung ist Laura bereit, ein paar Halbschuhe von mir aufzubewahren.

NEUNZIG

Isolde spricht über einen Satz, den ich ihr von der Küste geschrieben habe: Je aufgewühlter das Meer ist, desto ruhiger fühle ich mich. Eine Weile glaubte ich, sagt sie, du willst genau das Gegenteil mitteilen: Je ruhiger das Meer ist, desto mehr fühle ich meine Aufgewühltheit. Dann hielt ich den Satz für eine allgemeine Beschuldigung. Eigentlich wolltest du sagen: Je aufgewühlter ich bin, desto weniger komme ich mit der Ruhe der anderen zurecht. Jetzt denke ich, sagt sie, der Satz ist nichts weiter als ein Ausdruck deiner Selbstgewißheit, daß niemand die Geduld mit dir verlieren wird. Ich antworte, daß ich mir nichts dabei gedacht habe. Isolde lacht und glaubt mir kein Wort.

EINUNDNEUNZIG

Lieber Nikolaus,
für den Fall, daß ich mich eines Tages als unterdrücktes Kind darstelle, erinnere mich, daß es diese Unterdrückung zwar gab, ich ihr aber nicht ganz ohne Gegenwehr ausgeliefert war. Mit elf fiel mir ein Trick ein, mit dem es mir gelang, meine Eltern wenigstens einmal zu düpieren. Ich verlangte damals nicht einzeln nach ihnen, sondern ich wollte sie beide gleichzeitig, ich rief: «Eltern! Eltern ...!» Tatsächlich erschienen daraufhin beide zugleich in meinem Zimmer und schauten nach mir. Ich saß auf dem Boden und grinste sie an. Sie ahnten, daß sie in eine schwer durchschaubare Falle gegangen waren, und verließen schweigend das Zimmer. Leider funktionierte der Trick nur einmal. Erinnere mich!
Dein W.

ZWEIUNDNEUNZIG

Laura wartet, bis wir zu Ende gefrühstückt haben, dann schiebt sie die aufgeschlagene Zeitung über den Tisch. Ich lese Elisas Todesanzeige, aufgegeben von ihren beiden jüngeren Schwestern. Ich überlege, ob ich die Anzeige ausschneiden und aufheben soll. Ich lese die Anzeige erneut, die Todesursache ist nicht erwähnt. Ich überlege, wo ich die Anzeige, wenn ich sie ausschneide, aufbewahren soll, vermutlich in einem Buch. Für eine halbe Minute verlasse ich den Tisch und fasse das Geschirrtuch an, das ich sonst nur anstarre. Ich überlege, in welchem Buch ich die Anzeige aufbewahre, wenn ich sie ausschneide. Im Flur betrachte ich einen Kleiderbügel, der an einer Schrankwand hängt. Etwas so unglaublich Selbstsicheres wie einen Kleiderbügel gibt es auf der ganzen Welt nicht mehr. Ich überlege, wie ich verhindere, daß ich den Titel des Buches vergesse, in dem ich die Anzeige aufbewahre, falls ich sie ausschneide. Ich setze mich an den Tisch zurück. Laura schenkt mir Kaffee nach. Wo ist die Schere, frage ich.

DREIUNDNEUNZIG

Ein älterer, ein wenig melancholisch dreinblickender Mann steht hinter einem Tapeziertisch und verkauft Kindertrompeten. Er geht auf und ab und schaut den Leuten nach, die sich nicht für Kindertrompeten interessieren. Wahrscheinlich ein Arbeitsloser mit seiner vermutlich letzten Idee.

Manchmal nimmt er eine der Trompeten und bringt einen knappen kurzen Laut hervor. Der Ton macht auf ihn aufmerksam, allerdings auf eine unnachahmlich geleugnete, nämlich kindische Weise. Schon kurz nach dem Aufklingen verwandelt sich der Ton in die Formulierung einer allgemeinen Unerheblichkeit, an der der Trompeter teilhat und der er machtlos nachhorcht. Der Dreiklang von Ausdruck, Mitteilung und Eingeständnis ist so makellos, daß ich nur einen Tag später erneut in der Nähe des Trompetenverkäufers umhergehe und auf seinen Laut warte.

VIERUNDNEUNZIG

Lieber Werner,
vermutlich werden wir uns nicht einigen können! Deine Vorstellung vom korrekten Erinnern ist mir zu streng. Jeder glaubt zu wissen, was in seinem Leben geschehen ist und was nicht. Ich für meinen Teil möchte, daß die innere Dauerwiederholung des Geschehenen, zu der wir uns nötigen, wenigstens ihre Einschüchterung verliert. Im Grunde habe ich mich nur von der Idee getrennt, daß eine in allen Punkten wahrheitsgetreue Erinnerung ethischer und nützlicher ist als eine umgebaute. Wenn Du willst, kannst Du mich deswegen Manipulateur oder Lüg-

ner nennen. Dabei muß sich niemand anstrengen, Erinnerungen umzuordnen oder neu zu erfinden. Es genügt, das innere Fortsprechen der Ereignisse ernst zu nehmen und ihm zu folgen. Dieses nicht zu beschwichtigende innere Weiterreden bringt den Umbau der Erinnerungen von selber hervor. Ich denke, eine umgebaute Erinnerung ist nichts weiter als ein Versteck, vielleicht das Beste, was es für uns gibt, weil sich sein Ort im Bewußtsein verbirgt, unauffindbar. Erinnerungen sind Spielzeuge, die wir uns selber bauen. Was willst Du – im Ernst – gegen das Spielen einwenden? Aber ich habe natürlich nicht die geringste Lust, mit Dir deswegen Streit zu haben. Ich schlage vor, wir lassen die Dinge auf sich beruhen, und ich höre auf, Dir weitere Briefe zu schreiben. Einverstanden? Es grüßt Dich herzlich, W.

FÜNFUNDNEUNZIG

Ich versuche, mein Denken an den Tod von Elisa zu gewöhnen, vorerst ohne Erfolg. Ich fahre fort, mir Elisa als Lebende vorzustellen. Wenn ich mich dabei ertappe, füge ich schnell hinzu: So darfst Du jetzt nicht mehr denken! Mir fällt auf, daß ich mich nicht nach ihr sehne. Immer noch meine ich, sie dafür beschuldigen zu dürfen, daß etwas Wichtiges in meinem Leben nie passiert ist. Dabei weiß nicht einmal ich, was dieses Wichtige gewesen sein könnte. Die Lust, Vorwürfe zu machen, läßt sich davon nicht beeinträchtigen. Niemand kann grotesk genug denken! Ich wage nicht, eine von Elisas Schwestern anzurufen und nach der Todesursache zu fragen. Die Schwestern erinnern sich nicht an mich. Sie waren noch Kinder, als Elisa und ich geheiratet haben. Ich überlege, ob ich zur Beerdigung gehen soll oder nicht.

SECHSUNDNEUNZIG

Herr Raupenheimer, ein älterer Hausbewohner, seit einiger Zeit Rentner, wird mehr und mehr neurotisch. Einen beträchtlichen Teil seiner Aufmerksamkeit widmet er dem Müll. Nachmittags schaut er aus dem Küchenfenster in den Hof hinab, und es entgeht ihm nicht, wenn ein anderer Hausbewohner einen größeren Karton in die Tonne steckt. Nach einiger Zeit verläßt Herr Raupenheimer die Wohnung, geht in den Hof, zieht den Karton aus der Tonne heraus und zerreißt ihn sorgfältig in kleine Stücke. Danach schaut er eine Weile mit dem Ausdruck erschöpfter Zufriedenheit in die von ihm wieder geräumig gemachte Mülltonne. Ich denke, die Verwandlung von Herrn Raupenheimer in einen Kartonzerkleinerer war nur möglich, weil er offenbar restlos vergessen hat, welche Beschäftigungen ihm früher bedeutsam waren und welche nicht. Niemand wird in der Lage sein, ihn an seine Erinnerung zu erinnern, vermutlich auch seine Frau nicht, die mit bänglicher Miene das Hervortreten seiner Verwüstung verfolgt.

SIEBENUNDNEUNZIG

Liebe Anna,
für den Fall, daß ich eines Tages nicht mehr sprechen will, erinnere mich an meine fünf Lieblingswörter. Das erste (ich liebte es mit elf) war das Wort PAUSPAPIER. Das zweite tauchte mit vierzehn auf und war das Wort WOLKENBRUCH. Das dritte (ich weiß nicht mehr in welchem Alter) war das Wort SCHNÜRSCHUHE, das vierte MORTADELLA (mit zwanzig). Dann trat eine lange Pause ein, bis ich mit etwa fünfunddreißig wieder ein Wort zu lieben begann: HABSELIGKEIT, das ich heute noch gerne höre. Das Wort Seligkeit ist ein bißchen anrüchig, man kann es eigentlich nicht mehr verwenden. Es sei denn, man rettet es mit einem Zusatz und macht eine Hab-Seligkeit daraus; nur so (dachte ich damals) ist Seligkeit noch erträglich. Aber auch als Signifikant leistet das Wort enorm viel: Die letzte

Habe wird wenig sein, aber um das wenige kreist eine Art Seligkeit. Für die Schätzung aller fünf Wörter gab es einzelne Gründe, die ich leider vergessen habe. Aber ich hoffe, die Wiedererinnerung der Wörter, um die ich Dich bitte, wird wie ein Treibstoff wirken und mir die Gründe (vielleicht, hoffentlich) wieder eingeben. Mit Dank, W.

ACHTUNDNEUNZIG

Laura hat mich losgeschickt, den Wochenend-Einkauf zu besorgen. Gerade befinde ich mich in der gnadenreichen Metzgerei Wedemeyer. In dieser Metzgerei habe ich vor mehr als zwanzig Jahren versucht, eine Tube Senf zu stehlen. Frau Wedemeyer, die Chefin, erwischte mich jedoch, warf mich hinaus und erteilte mir Hausverbot. Eineinhalb Jahre lang machte ich einen Bogen um den Laden, dann vergaß ich die Geschichte. Und ging erneut in die Metzgerei Wedemeyer. Erst als ich drin war, fiel mir wieder ein, daß ich hier einmal ein ertappter Dieb gewesen war. Jeden Augenblick, dachte ich, erinnert sich Frau Wedemeyer an das von ihr verhängte Hausverbot. Dann fliegst du zum zweiten Mal aus derselben Metzgerei, diesmal sogar mit dem Getöse einer Chefin. Dann geschah etwas Sonderbares und doch Einfaches. Ich bemerkte, daß Frau Wedemeyer meinen Diebstahlsversuch genauso vergessen hatte wie ich. Sie sagte BITTE SCHÖN zu mir und ENDLICH WIRD ES WÄRMER und noch etwas. Eine Weile zweifelte ich, dann war ich sicher: Frau Wedemeyer erinnerte sich nicht und wahrscheinlich nie wieder. Jetzt bedient sie mich, ich schaue ihr angstlos in die Augen, in die schönen, dem Vergessen huldigenden Augen einer Metzgersfrau.

NEUNUNDNEUNZIG

Gegen zehn Uhr fahre ich mit der Straßenbahn zu einem Waldfriedhof außerhalb der Stadt. Es ist ein trockener, heller Tag. Außer mir sitzen nur drei weitere Fahrgäste im hinteren Wagen. Im stillen Gewackel der Bahn versuche ich, mich an die Intimität mit Elisa zu erinnern, ohne Erfolg. Es steigt ein Schmerz auf, der nicht weiß, gegen wen oder was er klagen soll, aber froh ist, daß er wenigstens umhergefahren wird. Eine kleine Trauerhalle steht gleich rechts neben dem Eingang des Friedhofs. Eine alte Frau geht an mir vorbei und nickt mir zu. In der Halle versammeln sich etwa zehn bis zwölf Personen. Ich sehe den Mann, mit dem Elisa einmal ein Café verlassen hat, sonst ist mir niemand bekannt.

Zwei junge Frauen, vermutlich Elisas Schwestern, sitzen in der ersten Reihe. Links und rechts vom Sarg stehen Blumensträuße in hohen Vasen. Aus einem Lautsprecher ertönt Orgelmusik. Die Atmosphäre ist kahl, fast ein wenig armselig. Es öffnet sich eine Tür rechts, ein Pfarrer erscheint und sagt, was er sagen muß. Plötzlich begreife ich, daß ich ohne Erinnerung sein *soll*. Nur ein bilderloser Abschied ist ein erträglicher Abschied. Der Tod ist nichts weiter als das endgültige Ausbleiben einer Erzählung. Danach ist klar, daß ich nicht mit zum Grab gehen werde. Nach einer knappen Viertelstunde ist die Trauerfeier zu Ende.

EINHUNDERT

Liebe Isolde,
erinnere mich, daß ich mit zehn nach Amerika auswandern wollte. Ich verstand das Wort AUSWANDERN damals wörtlich, das heißt, ich glaubte, wer rechtzeitig am Morgen loswandert, wird schon am Abend in Amerika eintreffen. Ich kaufte mir drei Lutscher und machte mich auf den Weg. Schon nach einer halben Stunde zeigten sich bei mir erste Anzeichen des Überdrusses und der Müdigkeit. Dabei hatte ich nicht einmal die Stadtgrenze erreicht, wo

ich gleichwohl nie zuvor gewesen war. Da geschah etwas Entsetzliches: Ich verlor meinen zweiten Lutscher. Er rutschte mir aus dem Mund heraus direkt in den Schmutz der Straße. Ich stand eine Weile vor dem verdreckten Ding und überlegte, ob ich ihn aufheben sollte oder nicht. Endlich überwältigte der Straßenstaub meinen Sinn. Ich gab den Lutscher verloren. Heute nehme ich an, es war nicht der Verlust des Lutschers, sondern die Unheimlichkeit seiner plötzlichen Verwandlung, die wenig später zum Abbruch meiner Auswanderung führte. Hast Du nächste Woche Zeit für eine Tasse Kaffee? Das wäre schön! Herzlich, W.

EINHUNDERTEINS

Nach dem Abendbrot räume ich die Lebensmittel zurück in den Kühlschrank, ich spüle Geschirr, ich putze Lauras und meine Schuhe, ich reinige die Badewanne und bringe die Mülltüten in den Hof. Ich möchte herausfinden, warum ich während des Ablaufs dieser Vorgänge neuerdings Scham empfinde. Unklar ist schon, ob ich die Tätigkeiten selber als beschämend einschätze oder nur ihre Ausführung durch meine Person. Ich spekuliere, der Grund der Scham werde sich von selber preisgeben, je genauer ich die Arbeiten und meine Reaktion auf sie beobachte. Eine solche Selbstenthüllung ist im Augenblick nicht in Sicht. Die Scham wird durch Wiederholung nur undeutlicher, aber nicht einsichtiger. Mein neuester Trick ist: Ich verrichte die Tätigkeiten extrem langsam. Einmal Abspülen plus Abtrocknen dauert bei mir zur Zeit etwa eine halbe Stunde. Ich beobachte meine Hände im Spülwasser und bin darauf vorbereitet, den Einstiegsaugenblick der Scham nicht zu verpassen. Erst dann, wenn solche Verschmelzungsmomente zwischen Arbeit und Bewußtsein fixiert sind, werde ich (vielleicht) deren Bedeutung freilegen können. Laura findet meine Experimente unterhaltsam. Sie fordert mich auf, während des Spülens zu sprechen. Ich soll alles sagen, was mir einfällt. Das Sprechen, sagt sie, sei eine Chance mehr, den verborgenen Regungen auf den Grund zu kommen. Das ist vermutlich richtig, vorerst aber undurchführbar: aus Scham.

EINHUNDERTZWEI

Im Bus ist eine Frau eingeschlafen. Sie sitzt auf einem Einzelplatz am Fenster. Ihr Kopf lehnt gegen die leicht vibrierende Scheibe. Zwischen ihren Beinen steht eine prallgefüllte Plastiktüte, in ihrem

Schoß liegt eine Handtasche, die die Frau mit schlafweichem Griff festhält. Die Frau ist um die Vierzig, mager, groß, sie gefällt mir sehr. Mir fällt ein, daß ich mir schon immer eine Schwester gewünscht habe, die es so, wie ich sie mir vorstelle, nicht geben kann. Sie ähnelt mir so stark, daß ich sie meine innere Schwester nennen könnte. Sie würde Renate oder Karin heißen, ich würde sie Wanda oder Linda nennen, sie wäre einverstanden. Die Frau wacht auf, sie ordnet sich die Kleidung und schaut sich um. Während dieser Verrichtungen fühle ich mich ihr noch näher. Ich habe Lust, sie zu fragen, ob sie nicht Renate oder Karin heißt und endlich Wanda oder Linda genannt werden möchte, ich sehe sie nicken und lachen. Dabei beachtet sie mich nicht, im Gegenteil, sie ist froh, daß sie rechtzeitig aufgewacht ist und eine Station weiter aussteigen kann.

EINHUNDERTDREI

Liebe Ruth,
nach etwa zehn oder zwölf Jahren sah ich Judith wieder. Es war an einem frühen Morgen am Hauptbahnhof. Die große Kastanie stand in voller Blüte. Ich blieb vor dem Baum stehen und bemerkte, daß ich nicht verreisen wollte. Wenig später sah ich

durch das Schaufenster der Bahnhofsapotheke und erkannte Judith. Sie stand hinter dem Ladentisch und verkaufte Arzneimittel. Sie war jetzt ungefähr siebenundzwanzig und sah genauso aus wie damals, als ich plötzlich nicht mehr mit ihr ins Kino ging. Ich hatte nie damit gerechnet, sie jemals hinter einer Ladentheke zu entdecken. Ich stand da und fragte mich: Wie konnte sie sich eine Kutte anziehen lassen? Wie war sie zu diesem Lächeln einer wahrscheinlich netten Apothekerin gekommen? Wie schaffte sie es überhaupt, Tag für Tag in einem Laden zu stehen? Ein kurzer starker Regen ging nieder, holte die Blüten von der Kastanie herunter und verteilte sie auf der Straße. Ich lehnte Judith wieder ab, diesmal, weil sie eine Apothekerin geworden war. Auf dem Weg zu den Gleisen begann eine neue Art von Einsamkeit: Die Suche nach einer Erklärung, die wahr sein könnte. Ich verliebte mich in die Wörter. War es Ich-Schwäche oder Zynismus? Dummheit? Masochismus? Oder eher Infantilismus vermischt mit jugendlicher Grausamkeit? Der plötzliche Wirbel der Erklärungen gefiel mir. Erst nach Jahren erkannte ich, daß er eine Strafe war, die nie richtig aufgehört hat. Erinnere mich, falls ich je zuviel rede, an den sinnlosen Tumult der Wörter. Schöne Grüße von W.

In der S-Bahn ein blasser, erschöpft wirkender Angestellter. Der Mann will ausspannen, sein Oberkörper liegt schlafbereit in der Sitzbankecke. Der Manager-Koffer ruht auf seinen Knien, der Mann spielt an den Schlössern des Koffers herum. Der Schlaf will nicht kommen, immer wieder öffnet der Mann langsam die Augen. Plötzlich springen die Schlösser auf, vollautomatisch hebt sich der Deckel des Koffers. Sichtbar werden Baupläne und ein Taschencomputer, Papiertaschentücher und Tabletten, aber viel eindrucksvoller ein paar Comic-Hefte, mehrere Pin-up-Zeitschriften, zwei Spielzeugautos und ein Motorboot für die Badewanne. Mehrere Fahrgäste, auch ich, blicken sekundenlang in den Koffer, dann drückt der Mann endlich den Deckel nieder. Zwei älteren Frauen auf der Sitzbank gegenüber entfährt ein Lachen. Der beschämte Manager nimmt seinen Koffer und seine Jacke und sucht sich in einem anderen Wagen einen neuen Platz. Das leise Poltern im Koffer, von dem jetzt alle wissen, daß es von den Spielzeugen herrührt, reizt die beiden Frauen zu einem weiteren Lachen. Kurzfristig bin ich mit unser aller Tod einverstanden, dann wieder nicht.

– Mir ist etwas von dem eingefallen, sagt Isolde, was dich damals an Elisa empört hat.
– Was denn?
– Ihre merkwürdigen Einkäufe!
– Ihre... Einkäufe?
– Elisa zog los und kaufte alberne und überflüssige Einzeldinge.
– Richtig, sage ich.
– Zwei Eierwärmer, eine Toilettenbürste und eine Schnabeltasse. In dieser Zusammenstellung.
– Ich erinnere mich.
– Einmal kaufte sie Pumpernickel, eine Badehaube und ein paar Stricknadeln. Pumpernickel habt ihr nicht gegessen, Badehauben habt ihr nicht benutzt und strickende Frauen hat Elisa verachtet, sagt Isolde.
– Guter Gott, sage ich.
– Besonders wegen der Stricknadeln hattest du einen Riesenkrach mit ihr. Wir lagen zusammen im Bett und du hast anhand der Stricknadeln über Elisas Irrationalität geredet.
– Könnte es sein, daß wir nie ein Paar gewesen wären, wenn es Elisas Einkäufe nicht gegeben hätte?
– Hast du nicht damals schon damit angefangen, Erinnerungen zu verteilen? fragt Isolde zurück.

Ich gehe neben Isolde her, eine Antwort fällt mir so schnell nicht ein. Eine kleine und doch heftige Merkwürdigkeit breitet sich aus.

EINHUNDERTSECHS

Liebe Anna,
erinnere mich, daß meine Mutter mit siebzehn entschlossen war, Jongleurin zu werden. Tatsächlich konnte sie auch später, als sie verheiratet war und es mich schon gab, vier kleine Bällchen hochwerfen und wieder auffangen. Dasselbe gelang ihr auch mit drei Küchenmessern. Als Kind glaubte ich, sie könne ihr Leben als Ehefrau und Mutter jederzeit beenden und eine Karriere als Jongleurin beginnen. Ich wäre mit dabei und würde Abend für Abend mit dem Erste-Hilfe-Koffer hinter der Bühne sitzen und sofort zur Stelle sein, wenn sie mit der Messer-Nummer verunglückte. Doch dann lernte sie meinen Vater kennen, der kein besonders talentierter Jongleur war. Nach kurzer Zeit war meine Mutter schwanger, heiratete und bekam mich. In gewisser Weise kann man sagen, ich war der erste Ball, den sie nicht mehr hat abfangen können. Freilich weiß ich nicht, ob ihr dieser Gedanke je gekommen ist; ich glaube eher nicht. Einen schönen Gruß von W.

Herr Raupenheimer, der Rentner, ruft neuerdings öffentliche Melancholie hervor. Heute sah ich ihn in der Bäckerei, in der wir gemeinsam einkaufen; als er an der Reihe war, reichte er der Verkäuferin für seine vier Brötchen eine *gebrauchte* Tüte über die Theke. Die Kunden sahen sich geschmerzt an, was Herr Raupenheimer nicht bemerkte; ich fürchte, er bemerkt vielleicht überhaupt nichts mehr, weil ihn fremde Kräfte mehr und mehr einkesseln. Die Verkäuferin legte die neue Tüte, die sie schon in der Hand hatte, zur Seite und öffnete das zerknitterte Ding von Herrn Raupenheimer. Können wir etwas tun, um ihm die Erinnerung an seine andere Person zurückzugeben? Niemand im Laden, dachte ich, kennt Herrn Raupenheimer näher, und doch wissen wir alle, daß es gebrauchte Papiertüten in seinem früheren Leben nicht gegeben hat. Aber es ist nicht möglich und nicht erlaubt, Herrn Raupenheimer an sein vergangenes Ich zu erinnern. Die Leute in der Bäckerei blickten sich nur an und verwanden den sichtbar gewordenen Zipfel des Wahns, von dem Herr Raupenheimer niedergekämpft wird. Durch das Schaufenster schaute ich ihm ein wenig nach, und ich vermute, es ist der gleiche Wahn, der ihn plötzlich zwang, seine Anzugtaschen nach außen zu stülpen und ein paar Staubflusen und Krümel, die sich darin gesammelt hatten, mit lächerlich heftigen Bewegungen herauszuklopfen.

EINHUNDERTACHT

Ein junger Bettler betritt die U-Bahn und spricht mit klarer, dramatisch ausgeformter Stimme über sein elendes Leben. Während er redet, streift er mit vorgehaltener Mütze durch die Bahn und schaut den Fahrgästen aus nächster Nähe ins Gesicht. Viele empfinden rasch Sympathien mit dem famosen Mann, der sein Schicksal so entschlossen in die Hand genommen hat, und greifen nach ihren Geldbörsen. So haben sie es gerne: Ein Bettler rattert seinen Text herunter wie ein modernes Theaterstück und bringt zum allgemeinen Entzücken einen neuartigen Kunsteffekt hervor. Die Form der Darbietung ist so eindrucksvoll, daß ihr Thema, der Hunger, auf der Stelle vergessen werden kann. Einige ältere Damen nicken anerkennend und bedanken sich für die höhere Kostenlosigkeit der Kunst mit besonders üppigen Spenden. Zwei Stationen weiter steigt der Bettler aus und setzt sich auf eine Bank. Er wartet auf die nächste Bahn, nein, auf den nächsten Auftritt. Wie ein Künstler in der Pause schaut er mit mildem Blick seinem verschwindenden Publikum hinterher.

Lieber Christoph,
dieser Tage blieb ich vor einem Schaufenster mit teuren Frauenschuhen stehen. Eine Weile fiel mir nicht ein, daß ich mich für Schuhe nicht interessiere, dann erinnerte ich mich an Elisas Schwäche für sie. Sie kaufte sich Schuhe manchmal auch dann, wenn sie ihr zu eng waren. Die Begeisterung für schöne Dinge entlockte ihr einen Überschwang mit oft fatalen Folgen, gegen die ich doch nichts einwenden wollte, weil Elisa in diesem Überschwang aufblühte wie sonst nur selten. Vermutlich werde ich bald keine Briefe mehr schreiben. Seit ich Elisa nicht mehr zufällig in der Stadt begegnen kann, habe ich keine rechte Lust mehr, neue Erinnerungsaufträge zu verteilen. Solange ich Elisa sehen konnte, habe ich mir wie ein Fremder vorkommen dürfen, der zu sich selber sagte: Das ist die Frau, die dich das Unverstandene hinnehmen lehrte, jedenfalls eine Weile und immer mal wieder. Das Pathos der Selbstansprache war lächerlich, aber nicht zu vermeiden. Denn Elisas Dreistigkeit war elementar und gegen Argumente gefeit. Wenn ich immer nur vernünftig bin, erlebe ich nichts mehr, sagte sie gerne. Nach diesem Satz fiel mir oft nichts mehr ein. Aber seltsam! Als ich mich von dem Schaufenster mit den

Frauenschuhen abwandte, hatte ich plötzlich den Einfall, das Projekt meiner Erinnerungsdepots hätte auch Elisas Idee sein können. Es war, als hätte ich mir den dazu nötigen Übermut bei ihr nur ausgeborgt. Herzlich, W.

EINHUNDERTZEHN

Laura wird nächste Woche vierzig und fürchtet sich.

– Wovor? frage ich.

– Ich glaube nicht, sagt sie, daß man das vierzigste Jahr erreichen kann, ohne ein bißchen verrückt geworden zu sein.

– Verrückt wovon?

– Verrückt vor Bedürfnis nach einem Ausweg, den man nicht braucht, aber dennoch sucht.

– Hast du schon Momente dieser Verrücktheit erlebt?

– Ja.

– Wann? Wo?

– Letzte Woche, sagt Laura, sah ich einer Frau dabei zu, wie sie ein halbes Hähnchen aß. Die Frau war übervorsichtig und langsam. Mit absurder Präzision setzte sie immer wieder die Gabel neu an, schnitt ein Stück Hühnerfleisch herunter und kaute es mit quälender Langsamkeit. Zwischendurch löste sie einzelne Knöchelchen aus dem Fleisch heraus und nagte sie mit ihren spitzen kleinen Zähnen so lange ab, bis sie wie blank geputzt am Rand des Tellers lagen.

– Und jetzt meinst du, die Frau sei ein bißchen verrückt?

– Nicht die Frau, sondern ich.

– Du? Wieso du?

– Weil ich sie mit ähnlich abwegiger Geduld beobachtet habe. In meiner fürchterlichen Aufmerksamkeit lag der Beginn dessen, wovon ich fürchte, daß es mir zugefügt werden wird, die Zerstörung.

– Das ist eine Einbildung, sage ich.

– Natürlich, sagt Laura, das ist es ja gerade! Weil es für die Zerstörung kein Anzeichen gibt, sucht man sie im Inneren, und dort beginnt jede Verrücktheit.

EINHUNDERTELF

Die Männer gefallen mir. Sie sind zwischen vierzig und fünfzig, ihre Gestalt ist klein und gedrungen, sie tragen dunkle, ein wenig fleckige Anzüge, jeder von ihnen hat ein paar Goldzähne und lange Koteletten. Sie spielen Geige, Akkordeon, Trompete und

Mundharmonika. Seit es neue Armut gibt, gibt es auch wieder umherziehende Straßenmusiker. Sie wandern von Hinterhof zu Hinterhof, sie spielen untergegangene Melodien, die Hausfrauen und Kindern ans Herz gehen. Sie müssen nirgendwo lang musizieren, schon öffnen sich die Fenster und in Zeitungspapier eingewickelte Zwei- und Fünf-Mark-Stücke prasseln neben ihnen nieder. Ich ziehe eine Weile mit ihnen, natürlich in angemessener Entfernung. Ich gehe nicht mit in die Höfe, ich bleibe auf der Straße stehen. Ich will nur teilhaben an der Atmosphäre des Herumziehens, der Zeitverschwendung, des Trödelns, des plötzlich angehaltenen und stehenbleibenden Lebens, der Biographielosigkeit. Für Sekunden bin ich zwölf und muß die Verlegenheit vor dem Leben vor niemandem rechtfertigen. Ich halte es sogar für möglich, daß mir einer der Musiker überraschend ein Instrument in die Hand drückt, eine Geige zum Beispiel, und mich auffordert, mit ihnen zu spielen. Zur allgemeinen Überraschung beherrsche ich das Instrument, jedenfalls so gut wie die anderen. Es vergehen höchstens vier Minuten, dann kippt die Lockung. Jetzt gefallen mir die Männer nicht mehr, im Gegenteil. Auf der Stelle laufe ich weg, ich fürchte und beschimpfe die Musik dieser hergelaufenen Männer, ich nenne sie lächerlich, mehrmals. Kunstvoll flieht das immer noch lernunwillige Kind in mir die Erinnerung an sich selbst und verhöhnt sie zugleich. Ich verschwinde in den Fluten des Lärms und des Verkehrs.

EINHUNDERTZWÖLF

Lieber Nikolaus,
erinnere mich, daß ich als Kind mit den Dingen redete. Insbesondere mit Häusern, Fenstern, Mützen und Käfern. Ich habe zwischen den Dingen und den Wörtern, die es für sie gab, nicht unterschieden. Das heißt, ich habe die Wörter nicht als Wörter wahrgenommen, mein Bewußtsein war mit ihnen verschmolzen. Deswegen fiel mir auch nicht auf, daß die Dinge nie antworteten, ich merkte nicht einmal, daß mein Kopf auch die ausbleibenden Antworten hervorbrachte. Es gab etwas anderes, das wichtiger war: Offenbar entnahm ich dem Schweigen der Dinge die Erlaubnis, alles über sie erfinden zu dürfen. Heute kommt es mir so vor, als liege in der Gewißheit unseres Sterbens die Nötigung, ein Phantast werden zu müssen. Das ist einerseits logisch, andererseits unbegreiflich; das Reden jedes Kindes wäre dann nichts anderes als der Beginn seines nicht enthüllten Nachrufs. Herzlich wie immer, W.

EINHUNDERTDREIZEHN

Ich sitze auf einer Bank und betrachte einen Mann, der etwa zwanzig Meter von mir entfernt auf dem Rasen liegt. Er ist ungefähr fünfundvierzig Jahre alt, er ist schlank und hat dunkles Haar. Sein Gesicht liegt auf einem quaderförmigen Stein. Er hat die Augen halb geschlossen, aber er schläft nicht. Sein Blick ist aus nächster Nähe auf den Stein gerichtet. Ich möchte herausfinden, ob es ein Blick der Empörung, der Trauer oder der Sammlung ist. Aber ich kann mich nicht konzentrieren, weil auf der nächsten Bank drei junge Mädchen über ihre Väter schimpfen. Die Väter sind ihnen zu schweigsam, zu armselig oder zu banal. Die Brünette in der Mitte beklagt sich, ihr Vater frage sie immer nur, ob sie genug zu essen hat, ob sie schlafen kann und ob sie ein warmes Zimmer hat. Die Einfalt dieser Fragen ruft das weithin hörbare Gelächter der Mädchen hervor.

EINHUNDERTVIERZEHN

Ein kleiner Hund biegt um die Ecke. Das grüne, gestrickte Leibchen, das er trägt, bringt mich zum Lachen. Der Hund geht an mir vorbei, mein Lachen hält an, ich überlege kurz, worin die Lächerlichkeit besteht, vielleicht darin: Das Leibchen macht aus dem Hund einen spießigen Gegenstand, er erinnert an einen vorübereilenden Kaffeewärmer oder an einen Ärmelschoner. Die beiden Ideen reizen erneut meine Lachlust, doch dabei fällt mir ein, daß ich als Schulkind ebenfalls ein Leibchen habe tragen müssen, ein enges und kratzendes Ding, dessen ich mich manchmal heute noch schäme, besonders wegen der beiden Strumpfhalter, an denen lange braune Wollstrümpfe befestigt waren. Es ist, als lache ich im Augenblick auch über meine Scham von damals, vielleicht zum ersten Mal, ohne sie gleichzeitig im Gedächtnis zu erneuern. Der Hund verschwindet, ich schaue ihm nach und frage mich, ob mir soeben die Transformation einer Erinnerung gelungen ist, die von ihr einzig zurückläßt, was noch immer aufhebenswert ist: ihr komischer Gewinn. Ungläubig verfolgt mein Blick den kleinen, ein wenig zitternden Hund.

EINHUNDERTFÜNFZEHN

Liebe Isolde,
erinnere mich, daß ich Schnee, der auf Dächern von Eisenbahnwagen liegt, ganz unwiderstehlich finde,

fast befreiend. Reisender Schnee! Frag mich nicht warum, ich weiß es nicht. Ich weiß nur, die Anziehung kann so stark werden, daß ich im Dezember oder Januar manchmal zum Ostbahnhof fahre, nur um auf Eisenbahnen wegfahrenden Schnee zu sehen. Vermutlich ist es nur der Trick, der mich elektrisiert, der Trick der Eisenbahn gegenüber der Endgültigkeit der Natur. Denn normalerweise hat eine Schneeflocke keine Chance, je ihren Ort zu wechseln. Es sei denn, sie fällt zufällig auf das Dach einer Eisenbahn. Nimm diese Erklärung bloß nicht ernst! Sie fällt mir nur ein, weil ich gerade an den Winter denke. Authentisch ist einzig, daß ich Freude empfinde, wenn ich reisenden Schnee sehe, und nie weiß warum. Es grüßt Dich W.

Dieter ist keiner, der das mit Alkohol macht. „…ickmonotonie“ nennt der …zt die Krankheit, die aus …em Starren in den PC folgt.
Eins…keit, Melancholie, …hmut un…

nen, die kontr… Büh… ch…